U0863051

诗歌风赏

中国当代女诗人山水诗选

大型女性诗歌MOOK

娜仁琪琪格　主编

2019年第一卷
总第023卷

POETRY APPRECIATION

長江出版傳媒
长江文艺出版社

诗歌风赏

时光最美的记忆与珍藏

关注 Attention

新浪微博 @ 诗歌风赏
http://weibo.com/shigefengshang
微信公众号：诗歌风赏

新浪博客：http://blog.sina.com.cn/shigefengshang

联系 Contact Us

E-mail：shigefengshang@126.com

我们 About Us

主　　编　　娜仁琪琪格
编　　辑　　爱斐儿
三色堇
白　兰
纳　兰
宫白云
网络编辑　　原　野
美术编辑　　苏笑嫣

装帧设计：北京慕玺雅文化传播有限公司

诗与自然

娜仁琪琪格

终于来到了这里，2019年的初始，在万物孕育、萌动、汹涌、奔腾的春季，在季节的轮回里，万物复苏，河川消融，百花之神各司其职次第绽放，而后汇聚成芬芳、明艳、风涌、激情澎湃的海洋，汇聚成天地共鸣的乐章，我们也来到了这里，以诗神赐予我们的荣光站在岁月初始的光芒中与万物同在，唱响天地共荣的篇章。

美好的一年，再次带来了无限的希望与喜悦。

《诗歌风赏》2019年第一卷以“中国当代女诗人山水诗选”开启这一年的篇章。这是一次对大自然的礼敬，对山河的礼敬，对生于斯长于斯大地的礼敬，对太阳、月亮、朝夕涌动的海洋、每一株植物上的露珠和细小的茸毛的礼敬。是的，是对自然万物致以的崇敬与感恩，对每一次呼吸的感恩。

我一直认为，诗人就是行走在天地之间的使者，就是在神与人之间不断搭建桥梁的那个人，他们有着人神共有的特质，以敏感、超验、精微，甚至是幽冥的感知力来体察、感受一切，洞悉而后传递着彼此的信息。

我无法认同，一个不相信万物有灵，不对大自然、天地万物抱有敬畏之心的人，会是一位好诗人。纵使他写着分行的文字，做着与诗歌相关的工作，也不是一个真正意义上的诗人。只有真正地打通了与自然万物的关联，有着敏锐的感知力、洞察力，有物我同体的强大的感应力，又能以幽微的气息准确地表达出来的人，才可能成为真正意义上的诗人。所以说，每个诗人一定是通灵者，每个通灵者必然是在天地万物间获得了强大的信息与能量。只有存在着这些必然的关联，才可能很好地去担负、行使一个诗人的职责。

那么，一个诗人定然会写下自然山水之诗，因为诗人的职责就是代万物言说。从古到今，从西方到东方，都是如此。在时光汇聚的河流中，那些站在岁月光芒中的诗人，甚至包括所有的艺术家，哪一位不是借助着自然山河、宇宙万物的伟力成全了自己，而后又光照了千秋万代？

每个人都是自然中人，我曾在一篇文章中写道："是的，有什么美能大过自然的美？有什么丰富能大过自然的丰富？有什么想象力能超越大自然的伟力？所以，我臣服于自然，敬仰自然，我拜大自然为上师。是的，我是渺小的，微不足道的，之于海洋，我只是一滴水；之于草原，我只是一株草；之于沙漠，我只是一粒沙；之于尘世，我终究会化为一粒粉尘。"

我们每个人都是大自然的孩子，都寄身在她的襁褓之中，永不可脱离。而作为诗人，深得自然之神的宠爱与眷顾，我们就是她的歌者，我们用诗歌表达万物有灵与平等的存在，也是用诗歌表达人类永恒的眷念与情怀。

《诗歌风赏》汇聚中国当代优秀女诗人的才思，以"中国当代女诗人山水诗选"致敬自然山河、宇宙万物。

目录

contents

2019.1

中国当代女诗人山水诗选

山水诗

中国当代女诗人山水诗选

山水诗

封面·封二·封三·封底美术作品　娜仁琪琪格

舒婷

原名龚佩瑜，1952 年出生，祖籍福建泉州。1979 年开始发表诗歌作品。1980 年到福建省文联工作，从事专业写作。当代女诗人，朦胧诗派的代表作家之一。

神女峰

舒婷

在向你挥舞的各色花帕中
是谁的手突然收回
紧紧捂住了自己的眼睛
当人们四散而去，谁
还站在船尾
衣群漫飞，如翻涌不息的云
江涛
高一声
低一声

美丽的梦流下美丽的忧伤
人间天上，代代相传
但是，心
真能变成石头吗
为眺望远天的杳鹤
错过无数次春江月明

沿着江岸
金光菊和女贞子的洪流
正煽动新的背叛

与其在悬崖上展览千年
不如在爱人肩头痛哭一晚

傅天琳

中国诗歌学会副会长，重庆新诗学会会长。出版诗集、散文集、儿童小说集20部。作品曾获全国中青年优秀诗歌奖，全国首届优秀诗集奖，全国第2届女性文学奖，《人民文学》《诗刊》《中国作家》《星星》优秀诗歌奖，第5届鲁迅文学奖，冰心儿童图书奖。已在日本、韩国翻译出版诗集《生命与微笑》《五千年的爱》。

科罗拉多大峡谷

傅天琳

科罗拉多大峡谷
是科罗拉多高原
被科罗拉多河一刀一刀刻蚀出来的

最早的一刀
刻于十八亿年前
长达数百里的高原刑场
造就了地球最伟大的地质杰作

刑场的横切面
一座露天博物馆
不同年代的灿烂岩石发出凛冽之光

梦幻中的蝴蝶
强悍而脾气暴烈的鹰
疲惫的双翼垂悬
它们最终没能飞出峡谷的大门

这时谁还能说出身在何处
神把我领进峡谷，神却不见了

留我一人辨认来路
一句诗投向苍茫，没有回音
它远不如古老印第安人投出的一只飞镖

这时谁还能知道自己是谁
谷线最表层的石灰岩
距今也有两亿多年
人啊人啊连附着在岩石上的灰尘都不是

夜雾袭来
将巨大的科罗拉多峡谷轻轻抱起
随即，又一片岩石的意志开始松动
它的记忆穿越时空无限地沉默着延伸着
让我震撼直至恐惧

我只能掏出从中国带来的一群意象
跟随对面山顶的瀑布
冒着粉身碎骨的代价去突围

李琦

20世纪50年代出生，哈尔滨人，下过乡，当过大学老师、文学编辑，现供职于黑龙江省作家协会。自1977年开始发表作品。出版过几部诗集、散文集。获得过鲁迅文学奖及一些文学奖项。

山顶之风

李琦

没人看见过它，它却如此真实地
存在。像一种思想

这无形之物，此刻
正温柔如丝绸的手帕
但它到底是风啊，不可测
只要它想，就会把那些
被形容为坚不可摧的事物
瞬间变得岌岌可危

山顶之风，此时
正俯身在一朵最小的花上
不知道它们交流了什么
只见那朵花心醉神迷
正欲竭尽全力地盛开
直至粉碎

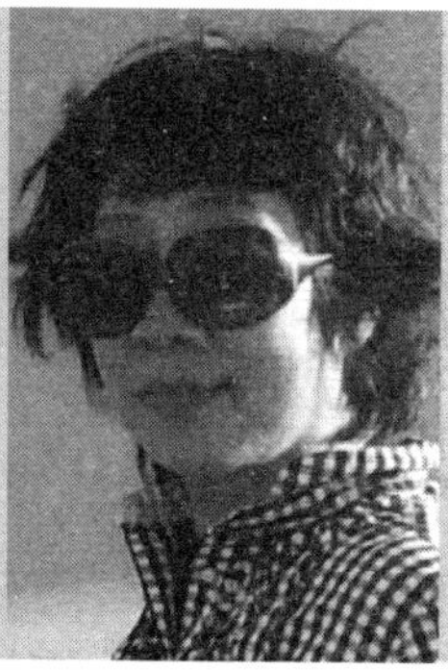

潘红莉

曾用名潘虹莉。出版诗集《潘虹莉诗歌集》《瓦洛丽亚的车站》《伊维尔教堂的落雪》。哈尔滨市作家协会副主席，现居哈尔滨。

蓝色秋天

潘红莉

水天一色的蓝
挽住秋天的视觉
时间之树隐约的蓝，逝者的卡巴耶
仍然是夜空中蓝色的星辰

这个秋天的蓝有时过于深过于沉
病症打着旋风
未知的、蓝色的踉跄
水边落叶纷飞的极光的蓝

蓝色的曲调
涌动着的时光的蓝
生命中的蓝，语言丢失的空缺的蓝
绝唱的蓝，微语的蓝

如果我不知道的蓝，在灰之上的蓝
好像什么都没发生的蓝，带着诙谐的
席卷黯淡的蓝，秋天的
面对死亡跳跃似的蓝
尝试着离开秋天的蓝

正在发生的蓝

童蔚

满族，生于北京。1980年代起活跃在诗坛，著有《马回转头来》(1988)、《嗜梦者的制裁》(2011)、《脑电波灯塔2011—2015童蔚诗选》(2016)。曾参加国际诗歌节。部分诗作被收录、翻译于各类诗选、年鉴及国外诗歌刊物，曾主持、写作女性文化专栏，主编过女性散文集。现居住北京，创作诗歌、散文及绘画。

这偌大的空旷，静寂

童蔚

从屋后的树林我走进去
无法走到尽头里面全是华美的栅栏
这也许是冷漠的回绝，
我从树叶掉落的清亮声退回
已远离最初的起点
没有蛛网也没有尘埃
这多么神奇……
银灯照亮三层楼的窗户
整座屋子枕着青草皮
连带草声响动，就是绿海上炉火温暖的
船屋。而水已退去
沉沉无寐之夜
我必须向阔大的空间投降！
我来自梦幻与人流互换搀扶的
城市，必要以礼相待。
断续的惊云一缕缕
画满天穹，或许灵雨
补缀时，飞鸟栖息屋檐下
从主人备好的盘子里
叼啄词语；
而我身躯里占有一道光静寂地呼喊。

晓音

原名肖晓英，四川西昌市人。女性诗歌刊物《女子诗报》（民刊）创办人、主编。毕业于北京大学中文系，已出版个人诗集、诗论文集多部。曾为四川省作家协会巴金文学院合同制作家、广东青年文学院签约作家，现为广东石油化工学院中文副教授。

英雄山

晓音

我开始仰望
这座在济南解放大战后
被冠名英雄的山

山不高，上面有浓密的松树
松树上面，耸立着高高的纪念碑
纪念碑上面，是蓝蓝的天
蓝蓝的天上面，是白白的云彩
济南解放纪念馆的讲解员
娓娓诉说着那些年代久远的事情

我却手搭凉篷朝更高的地方望
我想，那些在战役中阵亡的军人
他们会不会栖息在
那些白白的云彩上面

白兰

原名程岚，生于20世纪60年代，诗歌散见于各种诗歌杂志，作品入选多家年度选本。著有诗集《爱的千山万水》《草木之心》。获第3届“河北诗人奖”、第5届“铜铃山杯”全国诗歌赛一等奖、诗刊社“致敬海南”全国诗歌赛三等奖。

五彩滩上看落日

白兰

整齐一致的沙滩　走也走不完的戈壁
是专为落日准备的。

五彩滩上的影子　是一种蛊惑
额尔齐斯河
备好了最大的安谧
太阳在天上累了
就到水里。一只红鸟在水里诞生了
看见它的人都想跳进水里。

盛极一时的大美让我忘记了故土的丑陋
让我　没心没肺地原谅所有的薄凉
多么庆幸遇见这样一次的照耀
它盛大的光
把我一生的阴影都照没了。

在此时　我的影子拉得很长很长
我一动
我的影子便飘过了浩大的树林
那整齐一致的沙滩
也伸向天边……

娜夜

诗人，现居重庆。

确 认

娜夜

那是月光
那是草丛
那是我的身体　我喜欢它和自然在一起

鸟儿在山谷交换着歌声
我们交换了手心里的野草莓

那是湿漉漉的狗尾巴草　和它一抖一抖的
小绒毛　童年的火柴盒
等来了童年的萤火虫？

哦那就是风　它来了
树上的叶子你挨挨我　我碰碰你
只要还有树
鸟儿就有家

那是大雾中的你
你中有我？

那是我们复杂的人类相互确认时的惊恐和迟疑

漫长的叹息……就是生活

生活是很多东西

而此刻　生活是一只惊魂未定的蜘蛛
慌不择路
它对爱说了谎？

海男

写作者，在云南生活写作。

嘘，要轻声细语

海男

嘘，要轻声细语
请别惊动遥远的王
请别惊动他英雄的锦绣
亲爱的王，他的弓箭
搭建在曙光、日落之上
嘘，要轻声细语
请别惊动遥远的王
请别惊动森林中纵横的弓箭
遥远的王，他的战袍
穿越了长白山的冰雪、春天的白桦林
嘘，请别惊动你灵魂中的宇宙
无数的错觉和障碍在此逾越
你是否看见青山走出了海洋，将天空托起
你是否看见黑熊缓步而行
神圣的天穹抵御着历数不尽的战乱
嘘，请轻声细语
长白山储存着凉爽、植物和树根的关系
请别惊动那些身披树皮兽衣朝饮露珠的神
请别惊动历代的一个个勇敢的战神

林雪

现居沈阳。辽宁抚顺市人。20世纪60年代出生，80年代开始写诗。出版诗集《淡蓝色的星》《蓝色钟情》《在诗歌那边》《大地葵花》《林雪的诗》等数种。参加诗刊社第8届“青春诗会”。2006年被《诗刊》评为“新时期全国十佳青年女诗人”。2007年诗集《大地葵花》获得第四届鲁迅文学奖。

防波堤上

林雪

在防波堤上，我面对大海颔首
致敬迎迓……而大海从那蓝色纤维中
那深邃的孤寂之上伸出波浪的手指
一声“嘘——”寂静恰似虚无
看夕阳在海水中舍身沉下
看退潮时的淤泥，埋住一块童年的泥巴
防波堤上，一个男人开着的汽车音响里
喑哑的歌手正唱着死亡和悔恨
那男人发里有灰，袖口有土，眼里有伤
他高擎的双脚底是两块被磨损的橡胶
“身躯抵押在尘世中”他走了多少路？
驰骋过多少光辉的罪孽？
现在，他对着车窗上一只唱着的蟋蟀
瘫塌下来……像被重生一次
大地颅骨深处，藏着一座高原
藏着黄金和本质
夜色愈重……天色微茫如这个小镇
我已看过无数。但仍不是最后一个
撒满草秸的路一直通向海边
苍穹啊！你的深蓝
无法言喻，而爱和亵渎都将永不停止

荣荣

原名褚佩荣，1964 年生，出版过多部诗集及散文随笔集等，参加过诗刊社第 10 届"青春诗会"，曾获《诗刊》《诗歌月刊》《人民文学》《北京文学》等刊物年度诗歌奖、中国作家出版集团优秀作家贡献奖、第 4 届鲁迅文学奖等。

湟源明清街听花儿

荣荣

突然就被打动了
这场直接的花雨突然就湿了我
这绵延逶迤　这悠扬高亢
我仰起头听　我必须仰起头
小小的爱情原来也有高山的巍峨

突然羞愧于我和周围人的枯干
有多久了　我们一再回避
内心的清澈　一再地停下来
穿着现实的外衣　在暗中怀想

其实我们也可以让马儿
纵情地跑　花儿自然地开
情不自禁——一个多率真的词！
想拉手就拉了　想爱就爱了
也许在前朝　我们就这样做了

绿袖子

重庆人，现居成都，喜欢写文字，绘画，喝茶，种花草。作品散见各主流和民间诗歌刊物，以及各种年选。获2014年度星星全国散文诗大赛奖、首届金迪诗歌优秀诗人奖、第2届金迪诗歌铜奖、第4届中国当代诗歌新锐奖、“我爱成都，2017成都十佳诗篇”奖等。出诗集《流向》《异调》(双语版)、诗画集《宵待草》。

不可说

绿袖子

不可说的成熟，木质
不可说的青石板路
过多的太阳，雨水慢慢形成
黄龙溪有它的多情与柔顺
小鸟们栖身在此
我无比甜蜜的梦。这些都是你墨盒中
流露出的一叶荷　如
相似的书简
……
我们坐在江边
避开了阴影中的葵花
天上有飞过的彩带
秋天即将来临，来临
黄昏无端扩充，盛过池塘边缘
漫过温暖，漫过
一群白鹭……
而豁然间
在它们体内，我发现
有更多不可说
或许是秘密
或许是一家染房铺

三色堇

本名郑萍，中国作家协会会员、陕西省文学院签约作家、中国作家在线签约作家。获得天马散文诗奖、中国当代诗歌诗集奖、杰出诗人奖、《现代青年》“十佳诗人”等多种奖项。有作品散见于《人民文学》《北京文学》《上海文学》《诗刊》等多种期刊。入选多种选本。出版诗集《南方的痕迹》《三色堇诗选》《背光而坐》《悸动》等。

秦岭以南

三色堇

这是梵·高的秋日？有着腐叶浓烈的气息
又像是内心的悲歌扑向苍茫的大地

风吹着摇摇晃晃的栾树，也吹着赶路的秋雨
我耳边的鸟鸣已传递出破碎的声音

我不知道秦岭以南会是怎样的情景
暮晚，是否会有衣着华美的歌声穿过金色的烟尘

是否会有我的亲人提着被忧伤所覆盖的旧事
在被砍掉头颅的葵花地里奔跑

是否会有人像低微的草木可有可无
是否会有西厢的明月，摇曳着落幕后满地归寂

秋天就要结束了，我不再关心那些花开花落的事
不再关心季节之外的另一个时代的记忆

我只想在　秦岭以南，在冷冷的铁里
挖出那些从体内慢慢开始下沉的光阴

李轻松

辽宁锦县人，现居沈阳，20世纪60年代生，80年代开始文学创作，已出版诗集、小说、散文随笔数十种，另有戏剧影视作品若干。

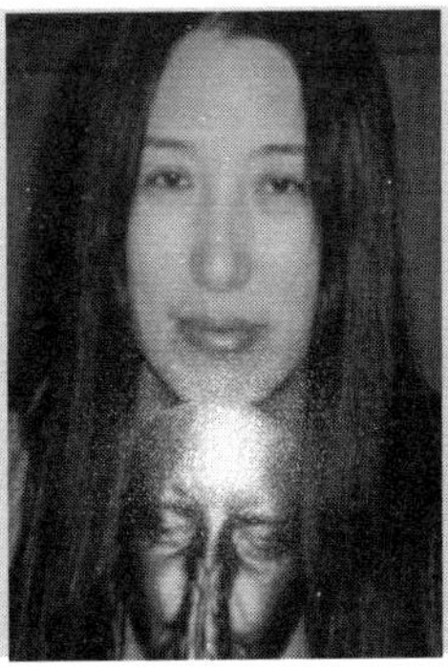

隐居地

——致黄公望

李轻松

仰望你已多年，你也隐在我心里多年
那秘密的一隅，我早就种下了花草、树木
当然我独爱修竹那一种
当它们的身影拂过茅屋时，阴晴不知

无需平生有闲，我只要半刻就好
看山不是山，望山也不见水，
那一生的繁华便过成了极简
风吹白了你的发须，却吹不白
春天里映在窗前的一轮明月

秋冬之交的庙山坞，我不曾熟悉
那针阔混交林的气息
正如我不曾熟悉，细密与阔大的交错
在观音像处下船，再步行穿过落叶
雨窗、筲箕泉，与自己的身影一起
到达你秘密的结庐处

78岁开始，一切都不会晚，
对于那些初生的嫩芽不晚
认识山水不晚，觉悟更不晚

孙思

中国作家协会会员，原为上海某高校美学讲师，现为《上海诗人》副主编。著有诗集《剃度》《月上弦月下弦》《掌上红烛》《聆听》。有诗收进《新诗鉴赏辞典》《新诗300首》《中国年度经典诗选》《中国现代禅诗精选》《上海诗坛三十家》等诗歌选本。

水帘洞

孙思

洞口，以水悬壶
水伸展一寸，我的目光抬高一丈
洞外，草木向荣，风水却不在此处

贴近，溅湿的衣袖如雨
像儿时那个渺远的梦
离传说不远，离我更近

就像此时，明媚的阳光和如雪的飞帘
相互拥抱，如同我们的少年和中年
两个不同色调的人生，消失和溶解

九月，万物都在成熟
很多游人从山的别处走向这里
也有很多人从这里走向山的别处
走向这里的人，他们的衣服披着阳光
脸上充满憧憬，离开这里的人
他们的表情如水，宛如童年

水叠着水，岁月叠着岁月

来去匆匆的人，有的向北，有的向南

只有水帘外的月亮，澄澈着
将那个古老的故事，那个上下翻飞的身影
倒映出来，让后来人
为他始终，虚席以待

李南

1964 年出生于青海。1983 年开始写诗，1994 年出版诗集《李南诗选》，2007 年出版双语诗集《小》，2014 年出版诗集《时间松开了手》，2017 年出版诗集《妥协之歌》。作品被收入国内外多种选本。现居河北石家庄市。

天涯的风醉人

李南

天涯的风醉人
三角梅铺遍了大街小巷
我来自北方——来自雾霾、哮喘病和
日复一日被冻僵的生活！
现在我蛰居在此
悄悄地藏起对你的记忆
大海，清风，明月
熨平了尘世间的沟沟坎坎。
我沉醉于此，差点忘记了
俄罗斯，风雪弥漫了几个世纪
沃罗涅日。苦役犯奥西普接过了
勃洛克手中的神灯。

冉冉

土家族，生于重庆酉阳。20世纪80年代中期开始写作，著有诗集《暗处的梨花》《从秋天到冬天》《空隙之地》《朱雀听》《和谁说话》，中短篇小说集《冬天的胡琴》。曾获全国少数民族文学骏马奖、首届艾青诗歌奖、重庆文学奖、边疆文学奖、西部文学奖等奖项。现居重庆。

草原上的水洼

冉冉

依靠水洼
她找到了天空和积雪
天蓝得像恋人间的空白
积雪坚硬　足以抵挡遗忘

两只蚂蚁在水边探出了舌头
仲夏的正午清水还是太凉
比起尘世的喧哗
这儿的冷寂真有点够呛

藜芦花的赤脚在黑袍下歇息
与金莲花和干枝梅相比
它的脚踝更为秀美　长途跋涉
为袍子文上了暗花
它看上去像斑马的粉丝
也像蝴蝶的表妹

躲在水洼里的茨茨草勿忘我
似急切的门缝　按捺不住的钥匙
有声音轻轻泄露出来

细若游丝的涟漪是忧伤的叹息
也是愉悦的叹息

碗大的水洼　是一匹褐色种马所为
还有些开关藏在牛蹄羊蹄
留下的水洼里　母羊咩咩地叫着
羊儿在花丛中降生了

潇潇

诗人、画家。中国现代诗编年史丛书主编、《大诗歌》《青海湖国际诗歌节特刊》执行主编。1993年主编了中国现代诗编年史丛书《前朦胧诗全集》《朦胧诗全集》《后朦胧诗全集》《中国当代诗歌批评全集》。出版诗集有《树下的女人与诗歌》《踮起脚尖的时间》《比忧伤更忧伤》等。作品被翻译成多国语言在国外发表。

抱紧江南

潇潇

江南的秋，好多小昆虫叫哥哥，
爱熟透了……
伸着懒腰的花瓣被雨点、蝈蝈叫开，
迎面流淌的颜色，命令孤独与死亡的风景，
卷起一湖山水。

那些吹进骨缝的痒酥酥的粉，细碎的欲望，
迎着晨曦的光亮，还有些湿润。
那个烟花女子用突破局限的果实，
用死，喂养传统的后人。
她的汹涌？她与黑暗的拥抱？
只有熟透的爱能隐忍……

熟透的爱……
如沉香进入她命运的弱点
她生前死了两次，死后被掘墓，
又死了一次。
她的前世今生都嫁给了悲剧。

虞山锦峰下的旧坟，比想象更缭乱，荒凉。

打结的茅草低着头，像寻找葬进泥土的秘密
夜里，犀利的风再一次冒犯入土的灵魂
这枯草败叶中开出的野花，无遮无拦……

而那些肌肤、香料、灯草、骨头与旧瓷，
穿过生死的密纹
倚靠一张乌镇的雕花木桌来摆放记忆。
抖落疲惫、愤怒、焦虑、无奈、暴力、哀悼……
一切逼近负面的词……

用黄酒洗心革面，用梅子解开姜丝，
抱紧江南的秋色，抱紧刚刚落下枝头的告别，
抱紧身体里最危险的一滴晕眩
抱紧落日，那粉身碎骨的一声喊
抱紧重逢死亡的一首诗……

正如错开死亡的《富春山居图》，
逃出一团团殉葬的火焰，
用古典、歉意的美让后现代弯腰，
纸上残留的风景，如罪孽般温柔。

川美

本名于颖俐，中国作家协会会员。诗歌作品发表于《诗刊》《诗选刊》等诗歌杂志，多次收入《中国年度诗歌》等选本。参加诗刊社第20届“青春诗会”，获“2011诗探索·中国年度诗人”奖。

早春，去七星湿地

川美

早春的时候，我去了七星湿地
那里的土地刚从冬眠中醒来
迈着棕熊的步子，往来于河滩上

那里的辽河水冲出冰封的栅栏
越过高高的橡胶坝
像迁徙的野牛和角马

那里的旧草高过胯部
被阳光漂得金黄，硬如刚毛
不知新草怎样交换这贵重的大氅

那里的怪柳，是我见过的最狂野的诗人
不止一个，是一群
迎着大风，披发而行，且歌且蹈

那里的春天性子急躁
你在前边走着，一转身，四周全绿了
好像所有的草木都举着喷枪

在貌似无限的春光里，我发现
人，最容易变轻佻
仿佛要把一生的笑脸装进取景框

关雎

原名关丽娟。满族诗人。原双鸭山市文联主席。祖籍辽宁。1965 年 4 月生于黑龙江省双鸭山市。受父母影响，自幼爱好文学，16 岁发表诗歌处女作。著有诗集《此情可待》《记忆的心经》《关雎诗选》等。另有大量诗文见诸国内外各种文学报刊。部分作品已被译成英语、俄语、日语、埃及语、塞尔维亚语等外文。

世界是一出皮影戏

关雎

一个大趔趄　越野车就把我们甩进沙漠
一只只小脚丫　争先恐后　踩出雁形的图案
钻进沙画　一溜烟儿

一群叽叽喳喳的女人
胸前的丝巾有节奏地飘飞　仿佛雁翼
风儿踮起足尖　带动她们的裙裾和长发
摇曳　飘逸　翻卷　画中画

半完成的天空　与大地合拢
戴礼帽的男人们　化为经幡　腾跃
爬行的蕨藜　散落于沟壑
仿佛一小段一小段蚀刻的梵文

宝古图　在皮影戏里一隐一现
沙漠城堡　高大温顺的骆驼
驮起人类不安分的快乐与憧憬
推动时间的转经筒　一圈　又一圈

哦　天空是我　沙漠也是我
万物皆我　我思　我在　我非我
世界是一出精彩的皮影戏

衣米一

诗歌作品发表于《诗刊》《十月》《汉诗》《长江文艺》《星星》《青春》等刊物。入选《中国诗歌精选》《中国诗歌年选》《文学中国》《新世纪中国诗典》《1991年以来的中国诗歌》《百年新诗精选》等多种诗歌选本，曾获第二届中国独立诗歌奖。著诗集《无处安放》《衣米一诗歌100》。湖北人，现居海南。

乌兰布统的秋天

衣米一

一路向北。就有羊、马、蒙古包
有卖蒙古刀的女子
和骑马的男人。
有白桦林成片成片的
在路边，在草原上
迎着光，迎着我。

我躺下，我低于乌兰布统
野鸭湖没有野鸭
也没有野鸭的叫声
只是一个
空空的湖，装满湖水和传说。

这是我看见的草原
是过完了夏天的草原
羊毛卷曲着，马体散发着寒气
穿盔甲的人，举长剑，打马狂奔
我一生
只能从他身边经过一次。

梧桐雨梦

生于20世纪60年代。河北省作协会员，就职于河北省一高校。有诗歌发表在《诗刊》《诗选刊》《星星》《诗林》《诗潮》《诗歌月刊》《中国诗人》《北京文学》《中国诗歌》《四川文学》《天津文学》《作品》《绿风》《山花》等多种报刊及选本。出版诗集《遇见》和《唯心》两本。有诗歌获得多种奖项。

涨与退

梧桐雨梦

多好啊　在银滩
大海的早晨和傍晚　都是我的

“爱过的身体有点虚空”　羞怯
是我的　汹涌也是我的
一个人站在起伏之间　骨头柔软
而内心坚韧

对潮水来说　狂放
是一种绝望之美　也是最理想的归宿

如果　她像湖水一样平息下来
就会变得媚俗　脆弱
眼泪由咸变苦　而我总是深谙那些
烈女唇角上　轻轻抿起的波纹

胡澄

生于20世纪60年代，浙江临海人。现居杭州，从医为生。1997年开始从事诗歌、散文创作，作品广泛见于各报刊及诗歌选集、散文选集。出版个人诗集《密闭的花园》《两种时光》。

西湖：刺绣和染坊

胡澄

春色刚出炉
秋色浸染中
西湖，一个自然的染坊
梅雨细密的针脚
绣出一山、二塔、三岛……
越王宫和南宋朝廷
以及白居易、苏东坡、杨万里……
孤山像一个监工
将一幅幅成品郑重地盖上
“西泠印社”章

时间中的西湖
即时间中的刺绣
而日月只是普通的游船
载着你我
东边浮现
西边消失
凡夫如我者在文字里渴望
被一根针刺中
进入梦寐以求的坟冢——西湖博物馆

草人儿

原名萨印，满族，中国作家协会会员，出版诗集《或远或近》。

阿尔山·远方的森林

草人儿

太阳落下去
落下去的速度是一颗心跳动的速度
大地最后的光芒
以一句话语的方式
温暖地被一排小树整齐地藏在了根部

树根光亮
撑着微风中斑驳摇曳的树影
这是一种颔首的微笑　透出内心的修炼

此情婆娑
我深情地联想了一下这薄情的世界
是的　有一种笑容必定来自内心的光芒

池凌云

1966 年出生于温州瑞安，当过教师、记者、编辑，1985 年开始写作。著有诗集《飞奔的雪花》《一个人的对话》《池凌云诗选》《潜行之光》，部分诗作被翻译成德文、英文、韩文、俄文等。曾获《十月》诗歌奖、东荡子诗歌奖。

我喝过塘河的水

池凌云

我喝过塘河的水
那是我的愿望永不枯竭的时光。

我尝过饥饿，发现
不是我一个人对着空碗。我爱，而不是恨
最坏的时刻，我也不想背离。

我喝过塘河的水
在河边拔过叫不上名字的水草，
它们溢出的气味像一声声呼喊
它们就那么完了但是母亲
喜欢这些肥美的饲料。它们温柔的伤口……

我一直打听它们的名字
当我不可能像小时候那样走向它们
矮珍珠和小对叶——它们就出现

像我梳着辫子的姐妹我们一起喝塘河的水。
我记忆中所有的白鹭
都来自这里。

爱斐儿

王慧琴，中国作协会员。祖籍河南许昌，从医多年，现居北京。部分作品先后被翻译成英、日、法等文字。出版散文诗集《非处方用药》《废墟上的抒情》《倒影》。《散文诗选粹》主编。曾获天马散文诗奖、中国首届屈原诗歌奖银奖、第8届散文诗大奖、河南年度诗人奖、《诗选刊》年度优秀诗人奖、《诗潮》年度优秀诗人奖等多种奖项。

雾岚中认出了楠溪江

爱斐儿

突然从雾岚中认出了你。

原来，你一直都和无数峰峦和溪流，停在原地。

轻舟一片，仍旧泊在一湾翠绿的水面。

一天晴空时，水底现出好看的青山。

就像一个人，在尘世找到了安然的彼岸，顺利躲开了时间的追杀，隐身世外，头上插满鲜花，与喜爱的一切轻轻相爱。

分明记得，我曾在迷梦飘散的纸笺上，写过世外桃源几个字，背靠绿草、青樟和半坡竹林。

峰峦和村落在常年的薄雾中若隐若现，分不清谁会先回到晨光之中。

无疑，我在楠溪找到了梦想之地。

背景沁透古风，江水上飘出群山的倒影和渔火。

这么多年，我与虚无飘渺互为知己。

追逐着轰隆隆远去的星群，和遍世花草畅谈诗句，却总是无法落笔红尘。

只有安住楠溪江，与一片烟云近在咫尺，才知道这白茫茫的尘世，遗世独立的，并非只有我一个人。

沙戈

中国作家协会会员，出版诗集《梦中人》《沙戈诗选》《尘埃里》《夜书》，散文集《开始我们都是新的》，作品刊于《人民文学》《诗刊》《十月》《大家》等，并入选多部年选及各类诗歌选本，入编《中国西部现代文学史》。获敦煌文艺奖、黄河文学奖、《诗刊》优秀作品奖。参加诗刊社第19届“青春诗会”，曾就读于鲁迅文学院作家高研班。

甘南的星星

沙戈

这些反光的事物
被夜空磨碎的岩石
黑夜　还揉碎了
一颗孤寂的心

我不敢再往深处走了
那些隐藏的闪电
星星与星星炽热的爱
让我却步

我不敢
离水太近
那是岩石流下的泪啊
哗啦哗啦
像要弄疼我的心

我不敢
再看星星的眼睛
那眼神太像牛的　羊的　以及
陡壁上那只蹲着的
鹰的

路也

现执教于济南大学文学院。著有诗集、散文集、中短篇小说集以及长篇小说共20余部。近年主要诗集有《山中信札》《从今往后》等。

太湖

路也

天空和湖泊都用面积来表达自我
面对那么大的天，湖只有竭尽全力铺展
天低矮下来，原谅湖的有限

冷雨和暮色交融，共同定义人生
我把自己缩小成逗点，躲进命运的一角

灰云穿着丝绒的跑鞋
水边芦苇枯干，风吹着一排排不甘，一簇簇永不
在这个严重时刻，世界收拾残局
列着清单

蚕在太湖南岸的丝绸博物馆吐丝
我在潞村吃艾团喝青豆茶

十一月只剩下了四天
我把十一月的尾巴带到了湖州
身患甲减，随时会睡着，梦见自己并没有来

两个省张开双臂把一个湖合抱

一个湖被两个省宠爱
此刻坐在它的南端
才到达一天半，就开始想家

家要向北，再向北，湖对面遥遥对着的
只是无锡
一个人出远门，空着手
已经去过未来，如何还能生活于现在

胡茗茗

中国作家协会会员。曾参加诗刊社“青春诗会”、鲁迅文学院高研班。获中国作家出版集团奖、中国女性文学奖、河北省文艺振兴奖、台湾叶红诗歌奖首奖、桃花潭国际诗歌节中国实力诗人奖、诗选刊年度杰出诗人奖等奖项。出版诗集《诗瑜伽》《诗地道》等四部。就职于河北电影制片厂，兼任某诗刊编辑部主任，河北省文学艺术研究会副会长。

大湿地

胡茗茗

被天使吻过的绿草地，让风一吹
天下人的心开始有点乱

翠鸟高过猛虎，安静大于逝水
寸草连心将湿润团团围住
怎么能够那么绿！

我像饥饿已久的羊，只顾埋头啃噬
不觉日头西斜，欢喜心多于想象力
只有牙齿愈发锋利，吞咽大美
亦被大美所吞，一直到
那么多那么多的绿
瞬间变成一片白

陈小素

原名陈素云，中国作家协会会员。作品入选多种年度选本。获过一些诗歌奖项。著有诗集《素诗》，现居长子。

在石青山喝茶

陈小素

悬于山腰的茶舍
垂立而下的崖
一只舍身的鸟
被放下的执念……

那云雾笼罩下的人间真的是我的来路?

那个上午，秋阳照着洞里的众生
也照着洞外的寺庙
一群逃亡一样的人，那些浸着汗水的脸
疲累而潦草

有那么一会，依着一面石墙
倦怠，迷离，仿佛就要睡着了
透过木质屏风的间隙
我看着他们在光影中慢饮
闲适的样子让时间倒退了几十年
他们轻如蝶翼，面如琥珀
清澈得像刚刚被泉水洗过
没有一个是来时的模样

颜艾琳

台湾台南人，年轻时玩摇滚、戏剧、地下刊物。作品被收录于《创世纪》诗刊40周年优选。曾获吴浊流新诗正奖、中国文艺新诗奖章等奖项。著有《骨皮肉》《她方》《微美》《诗乐翩篇》《A赢的地味》等十几本书，作品已译为英、法、韩、日文。被选入各种语文教材。

天问之章

颜艾琳

平时缄默的、无语的天，
把自己的心事
曝晒于大海之上；
一张蓝色的书信
给眺望海的人，
读出绵长翻搅的洋流
看见跳动变化的
鱼，的，逗点，
贝壳……吐出的……冒号……
珍珠。变成的。句点。

只有潜水夫不时捞出一只龙虾
几枚海贝，或一些什么怪东西，
吐出一个泡沫或几滴水，
仿如肺腑之言那样难得，
拼凑她的断篇残言。

不然，我们得等待……
等天空的意趣……
膨胀成夸张的云块……

淋漓地唱一首雨的快曲……

我们倾听……远远地……
从知本深山里传来……
答问着卑南祈雨[1]歌声的……
嘹亮的雨……
共成天人二部合唱……

注：①卑南族在每年元月举行“陆稻收获节”，跟七月的“小米收获节”（或称小米祭）习俗，一般人统称为“丰年祭”。卑南族人在耕种前若遇到缺水状况，会有一个祈雨的仪式，以歌舞形式高唱《祈雨歌》，上达天听。

吉祥女巫

原名秦爱云，江苏省作家协会会员。曾在《青年文学》《雨花》《诗刊》《诗选刊》等杂志发表过小说、散文及诗作，《现代青年》2017 年度最佳诗人，有作品被选入《1949—2009 中国诗歌导读》等选本，出版有个人诗集《隐秘飞行》《镜像》及散文集《缭绕》。

蝴蝶

吉祥女巫

昨天的河流
穿过薄雾径自向前
今天的岸，亦步亦趋紧紧相跟……
草尖上的蝴蝶满目迷离
“比起双飞，它们
似乎才更接近梦想及永恒……”

风沙漫扬，烟云迷城
秋之心，越来越难以看懂
每一个未知都深奥得让人惊悸
一想起明天或远方
浅薄的雾气
便迷蒙了它，清澈的眼睛……

周广学

山西屯留人，现居山西晋城。系中国作家协会会员、中国诗歌学会会员、晋城市作家协会副主席。诗歌见于《诗刊》《诗歌月刊》《诗选刊》《诗探索》《中国诗人》等全国各地报刊，入选《中国年度诗歌》等多种年度选本和其他诗歌选集。曾获多种诗歌奖项。出版有诗集《含泪的花期》《周广学诗歌精选》《零的抑扬顿挫》《掩藏着鸟鸣》。

水声在深山的寂静里……

周广学

水声在深山的寂静里
澎湃激越。仿佛一阵风
疾疾掠过，另一阵风
又紧紧跟上。这柔软的事物

自己和自己纠缠在一起
结成一面墙，直立起来
又訇然倒伏下去。
河间的巨石被它狠命地拍击
河底的卵石因此一再收缩，一再光滑

这声音湿漉漉地
漫过山坡的树丛，从白天
一直延伸进浓黑的夜
冲刷着我的窗户，回旋在我的枕边
并将我浸泡在它的情绪里

它好像在切割着什么
它已经深深地陷入它切开的沟壑里
还浑然不知

它已经吹走了一切，使自己至清
还在无休无止地
消磨着……

宋晓杰

生于辽宁盘锦。已出版各类文集18部。一级作家。曾获第2届冰心散文奖、2011年度华文青年诗人奖、辽宁文学奖、2009冰心儿童图书奖、第6届全国散文诗大奖、《扬子江》诗刊双年奖等。参加诗刊社第19届“青春诗会”和鲁迅文学院第7届中青年作家高研班。2012—2013年首都师范大学驻校诗人。

父亲的草原

宋晓杰

一次“意外”
或许，就是一生——

父亲，在美丽的通辽
我遇到了你的一岁
重新开头、重新起步的一岁
折断时光森林的一岁
找到了生命之源的一岁
并且，在一个小女孩儿的身上
找到自己：面孔、生活习性、嗓音、肤色、
服饰……否则，为什么无端泪涌？
蹄声清澈，打马，经过草原
绵延的山脉，柔滑的胴体
模拟着一个女人
遥远的今生

亲爱的父亲，说好了替你看看草原
这巨大的容器，旋转的轮盘
消音，成比例微缩——
哦，我本来就应该那么小：

……你只有一岁
而我，仅配以一滴牛奶、一颗草籽
还在孕育，未曾发生

亲爱的父亲，从此以后
我将终生携带着草原
——不，是我心上长草了
我深深记住了，您曾经说过的话：
做石，要做礶石；
做人，要做意中人

注：父亲一岁半的时候，随我的祖父母离开通辽，去辽宁定居。

杜玮

笔名维拉。现居大连。编剧。中国诗歌学会会员。毕业于乌克兰顿涅茨克国立大学，国际商务师。在《海燕》《诗潮》《诗歌月刊》《延河》《辽河》《参花》《诗歌风赏》《中国诗人》《天津诗人》等书刊发表诗歌、散文、小小说，有作品入选《大连市优秀文学作品集》（2012—2017）。

蔚蓝之上

杜玮

一排排浪，是海的鲜花
我就在它们中间，它有时似
西窗烛火映照情人的细语
有时像成群绵羊朝岸边奔跑
有时笑对远航的人儿
更多时朝低翔的海燕鼓掌

浪花是咸的，它必须是
而盐是它的木乃伊，生命须臾
吻着它的死亡，才能活下来

这些鲜花，前仆后继
嘻嘻哈哈，围绕我跳舞，唱歌
全不考虑瞬间的跌落
勇气，不只存在于人类
我弯下腰，要捧起它们
是徒劳的
它们永远在蔚蓝之上

杜涯

1968年出生于河南省许昌县乡村。12岁开始写诗，出版有诗集《风用它明亮的翅膀》（1998年）、《杜涯诗选》（2008年）、《落日与朝霞》（2016年）。先后获“新世纪十佳青年女诗人”称号、刘丽安诗歌奖、《诗探索》年度奖、《扬子江》诗学奖、鲁迅文学奖等。现居许昌市。

风过林

杜涯

风带着雨意吹过事物
树林中暗了下来
树林一时微喧，一时又沉寂

幽暗的树林，仿佛一个去处
仿佛是世界上万般事物的中心
幽暗的树林，记忆在那里忽然闪现

那里是世代的更迭，延续，过往
似水流年的无常
那里是言辞开始的地方

琳子

原名张琳，河南滑县人，河南省文学院签约作家。出版文集多部，诗画合集《花朵里开花》获评2016“中国最美的书”。童话散文集自绘本《草手镯》获河南省“第六届文学艺术优秀成果奖”。2017年为《解放军文艺》创作全年封面图案。北京上苑艺术馆“2018年国际创作计划”驻留艺术家。

科尔沁之夜

琳子

是科尔沁的，就要在草原深处
做一次青草对草根的，抚摸和探望
是科尔沁的，就要跃上蓝天
和漫天的彩霞缠绵，撕扯，然后做下新婚的披风和盖头
是科尔沁的，就要放出心中的马群
在最美的八月，吃最美的草，喝最美的河水

我有葱茏之心已久
我有草本之身，也已久

今夜，我停泊在科尔沁草原的
月光之中。就像一滴水回到水井
就像一滴水站在井口，向深处的水
鞠躬，流泪

就像我从来没有到过草原
但我的白天黑夜全是草原
我从头到脚，全是草原

唐晴

中国诗歌学会会员，宁夏诗歌学会副主席，编审，宁夏人民出版社副总编辑。在《诗刊》《十月》《星星》《绿风》《朔方》《六盘山》等发表诗歌。出版诗集《嘿，我还活着》《花，年年会开》，文集《突围》。

胭脂峡

唐晴

无法想象　美人与峡谷融为一体
屹立成古道西风的形象
长长的道路已抛在了身后
越来越缤纷的想象　像阳光
洒满了无尽的前方

我听见无数匈奴男子悲怆而雄浑地合唱：
“失我祁连山，使我六畜不蕃息
失我胭脂峡，使我妇女无颜色”
在我水灵灵的视线之外
大风中绿衣绿裤的匈奴女子侧身而立
飞扬的长发半掩着酡红的面庞

秋天的落日辉煌而又凄凉
胭脂峡　胭脂峡
在粗狂而坚硬的西北
每念一遍
心中就会滋生几许如水的情丝

阿华

原名王晓华，山东威海人。诗歌作品散见《人民文学》《诗刊》《山花》《飞天》《十月》等，有诗歌作品入选各种诗歌选本，著有诗集《香蒲记》等 。参加诗刊社第25届“青春诗会”，鲁迅文学院第31届高研班学员，山东省作家协会签约作家。

仟仟印象

阿华

大地上的虫吟，此起又彼伏
大地上的灯火，流丽又璀璨

大地上的人群，奋勇又忙碌

——有人在山上放牧牛羊，有人
在田野弯腰劳作

大地上的花事正阑珊：

——牵牛花在羞涩中怒放，像准备
婚嫁的小姑娘

黄色的野菊向上生长，缩短了
与天空的距离

这看似相似的秋色，其实有的
是不可复制的一生

阿毛

中国作家协会会员。作品有诗集《为水所伤》《至上的星星》《我的时光俪歌》《旋转的镜面》《变奏》《阿毛诗选》（汉英对照）、散文集《影像的火车》《石头的激情》《苹果的法则》、长篇小说《谁带我回家》《在爱中永生》等。诗歌入选多种文集、年鉴及读本。曾获多项诗歌奖。有诗歌被翻译成多种文字。

彭浪矶与小孤山

阿毛

我爱他们的峭形与孤立
男权和女权的默默对峙

喜江风与波浪的深情沟通
鸥鸟与船只的往来飞鸿

世界原本这样
只是我来时，风急浪大

彭浪矶的建筑工地
漫漫黄沙

一山在手术中
一山无人问候

我坐在长青苔的漂流木上
看彭郎和小姑

正被时间销蚀天生的
秉性与风姿

李见心

1968 年 11 月生于抚顺，中国作协会员。一级作家，参加诗刊社第 21 届“青春诗会”，出版诗集多部，获奖多次。现供职于锦州市文联。

雨中观湟川瀑布

李见心

那天大雨如注
让瀑布挂起了宽银幕
上演的剧情惊心动魄
当命运出现断层
互相拥抱着——你跳，我也跳

旁边谁的心跳比瀑布还粗
垂直的性感令人昏迷
他说：我看过世界上所有瀑布
湟川瀑布有声有色
不次于任何一个瀑布

而我想说我看过世界上许多电影
最震撼我的就是这部
类似肖申克的救赎
如果量体裁衣我只想穿瀑布做的衣服
我只想要瀑布的爱情

这是水的选择也是我的
决心比石头还硬

让水永刻石上，摩崖石刻般截流时间
看来选择不是平面而是立体
自由不是长度而是深度

安琪

本名黄江嫔，1969年2月生于福建漳州。中国作家协会会员。诗刊社“新世纪十佳青年女诗人”。独立或合作主编有《第三说》《中间代诗全集》《北漂诗篇》《卧夫诗选》。出版有诗集《奔跑的栅栏》《极地之境》《美学诊所》及随笔集《女性主义者笔记》等。诗作被译成英语、德语、韩语、西班牙语、日语等传播。现居北京。

登鹳雀楼，愧对王之涣

安琪

与其说你想登鹳雀楼
不如说你身上的王之涣想登鹳雀楼
每一个中国人
身上都居住着一个王之涣
当然还有其他
每一个中国人到了运城
到了永济
都想去登鹳雀楼
与其说你登的是鹳雀楼
不如说你登的是王之涣楼
每一座被诗歌之光照耀过的楼
都永垂不朽
都亘古长存

这一日你登鹳雀楼
此楼已非彼楼，彼楼已被王之涣移到诗里
留在原地的，彼楼的肉身
早就消弭在成吉思汗的铁蹄下
这一日你登鹳雀楼
登的是一个符号，一个钢筋水泥的符号

黄河东岸
浩渺山川
倘无此楼，则鹳雀何处可栖息
天地以何为标志
黄河东岸，浩渺山川
倘无此楼
则王之涣如何慷慨有大略，倜傥有异才
则你到永济
如何以楼为鉴，照见自己的才薄！

寒烟

1969年出生。1980年代末开始文学创作，曾在《当代世界文学》（美国）、《世界文学》《上海文学》等刊发表作品。著有诗集《截面与回声》《月亮向西》。

日月山①垭口的风

寒烟

此刻，我用每块骨骼
瑟瑟的惊栗
来体悟这垭口的风
体悟风中猎猎的经幡
那惊心动魄的舞动和念诵
体悟座座沉默的玛尼堆
那无声挺亘的信仰

这吹彻骨髓的冷冽与荒凉
是怎样从四周的群山
从更广漠的空间
涌向这狭窄的垭口
就像千年之前，整个大唐的和平
是怎样压在一个公主柔弱的肩头
当送亲的仪仗队，逶迤浩荡地
簇拥着她那华丽的孤单
来到这唐蕃（汉藏）交界之地时
她那被大风扬起的衣袂
翻转着怎样凄艳哀婉的孤绝

尽管如今——
巍峨屹立的汉白玉石像
早已凝固了那曾千回百转的血肉
那一个个跃动鲜活的瞬间
已被青铜浮雕永久定格
就像每一个久远的传说里
那必然流失风干的细节……

但此刻，当我置身这神秘的垭口
置身这被旷古的风封存千年的现场
我如此真切地触着那个千年前的女子
她那被寒风吹透的十六岁的单薄
那频频回望中不可触碰的思乡之痛
那在格桑花的惊鸿一瞥里，日月宝镜
不可挽回地裂开的疼痛和悲凉……

只要大地上唯一的倒淌河②
还在倒淌着她
永远不会老去的疼痛
时空汩汩的泪泉
就永远不会干涸

注：①日月山，唐代以前因远望“土石皆赤，赤地无毛”而得名“赤岭”。传说，当年文成公主西行和亲之时，其父唐太宗为释女儿思乡之念送了一面日月宝镜，要她到了汉藏分界的地方，取出来照看，从镜子里就能够看见家乡和父母亲人。历经艰辛，辗转到了赤岭，公主思亲心切，便取出宝镜照看，镜中显现的只是自己消瘦的面容和残阳斜照下的赤岭山脉，她此时才明白，父亲是为江山社稷而哄骗了自己，悲愤伤心之下，把宝镜扔了出去，摔成了两半，正好落在两个小山包上，东边的半块朝西，映着落日的余晖，西边的半块朝东，照着初升的月光，日月山由此得名。

②倒淌河原来也是一条东流的河，注入黄河，后由于地壳的变动，日月山隆起，它才折头向西注入青海湖，成为一条倒淌河。传说文成公主的泪汇成了这条倒淌的河。

王妍丁

出生于20世纪60年代。祖籍河北，现居北京。美国世界文化艺术学院名誉文学博士学位。中国作家协会会员。著有中英对照《王妍丁短诗选》《王妍丁世纪诗选》《在唐诗的故乡》等。诗集《手挽手的温暖》(入选“21世纪文学之星”丛书)。曾荣获第5届辽宁文学奖。参加诗刊社第24届“青春诗会”。

茶马古道

王妍丁

马的嘴唇
已停止了咀嚼
停止了住宿和交易的卖场
千年古道
要找到那些失散已久的秘密
就必须放慢心情
打开心底
从未敞开过的
敬畏的门

我确信
那些把自己铺在路上的石头
绝不是石头
它们是这座城市的布匹、盐和秘密
是擦亮城市文明最热烈的
火

我崇拜神明
但我更崇拜脚下这些
发出亮光的

石头
是它们放低了自己
才让丽江这座古老的殿堂
站在了高处

暖玉

原名孔延利，服装设计师，祖籍山东，现居西安。中国诗歌学会、陕西省作家协会会员，出版诗集两本，诗作散见于各地报刊。中国书画联盟签约画家、陕西省作家书画院会员、西安市美术协会会员、春秋礼阅油画院院长、终南女诗人油画院副院长。

文海际遇

暖玉

你在玉龙雪山身后
让秋风从枝头向下带走阳光
那些属于叶子的金边
从山梁降落到头顶
它们压低帽子，抬高眼镜

向云朵致意。牛仔长裙婆娑古曲
从西北到西南
帽檐下几根发丝招摇而舞
更多幕后者猜测
这是恰恰，还是华尔兹

木栅栏从东向西对玉龙雪山
招手，圈住探头张望的看家狗
狗儿大吼几声
外乡人，别来惹我
云朵们嘲笑它没见过世面
轻散着远去

幽燕

本名王伟，1969年生，媒体人。中国诗歌学会会员，河北作家协会会员。诗作在《诗刊》《诗选刊》《星星》《绿风》《诗林》《中国诗歌》等报刊发表，入选多种诗歌选本，出版诗集《诗的毒》。就职于河北电视台。

向晚，大山深处的表情

幽燕

最后一抹夕光斜倚山头
那谢幕前辉煌的尾音即将消失

归家的老农背着手
慢慢凝成墨状的一笔
岁月的枯荣，亘古不变的山路
连同它裙裾上紫色的小野菊

那些还长在地里的谷子、大豆、红薯、萝卜
将果实深埋或向泥土低下头去
收获就在眼前，它们深藏内心的喜悦

多么羞愧，只有我两手空空
在秋天的暮色里，与一座大山默然相对
听一阵风，又一阵风，走过耳畔

马兰

中国诗歌学会会员、保定作协会员、保定青年诗人学会理事。曾参加第5届、第8届河北青年诗会。诗作见于《诗刊》《中国诗歌》《诗选刊》《诗探索》《草原》《河北诗人》《天津诗人》等多种报刊。2014年出版诗集《流光》。现兼任报纸和网刊诗歌编辑。

泰山云海

马兰

十万只白鸟交出翅膀退回人间
在泰山，我活在十万双翅膀上
人间已远到无法看见

天门山以上是玻璃瓶透明的那一段
我们在光亮里呼喊　跳跃
在洁白的羽毛上走来走去

那么多尘间的日子可以忽略了
贪恋这片刻的狂欢
——飞翔吧
像雪花跃入奔腾的海面

七月的海

原名李云。山东章丘人。中国作家协会会员。参加诗刊社第22届“青春诗会”。鲁迅文学院第21届中青年作家高研班学员。作品散见于《诗刊》《星星》《中国诗歌》等，著有诗集《最美的神》等三部。

雪山寺

七月的海

雨后的雪山寺，夕颜顶着露珠
一点传奇
隐匿在风里

今世的雪山寺
碑石安静，与断壁残垣
堆放在一起

雪山寺，雪还远着呢
我只是踩着金秋的红叶而来
看看梦中的寺院

看看前世的香火，可惜
一切都空了，只有鬼谷子洞
蓄满水声

——上山，下山
雪山寺，也只有水声最美

林荣

生于20世纪60年代末，河北衡水人。中国作协会员，河北省文艺评论家协会会员，中国诗歌学会会员，现代禅诗研究会会员。首届“67度”诗歌奖获得者。

我甚至没敢触摸狼牙山的一块石头

林荣

朝阳再次给这座山镀上了
一层干净的金
天很蓝，镶嵌着几朵丝巾一样的白云
或许它们对于六十四年前的
一次集体牺牲并不关心
想到这些，手心忽然有些发凉
感到自己在向下坠，又感到一种被托举的力量
我被两股相反的力拖拽着
只想做一个敬畏蓝天和石头的人

梅尔

原名高尚梅，籍贯江苏，现居北京，中国台湾《秋水》诗刊社长。1986 年开始发表诗作，作品散见于《诗刊》《诗歌月刊》《钟山》等刊物并被选入多种选集，已著诗集有《海绵的重量》《我与你》《十二背后》等。曾获多种诗歌奖项，诗作被译成英语、俄语、日语、德语、蒙古语、波斯语、乌克兰语等十几种语言出版。

大风洞

梅尔

从天堂到地狱，再柳暗花明
独自拥抱晶莹的幸运石
幸福之门，穿过风口

那蔚为壮观的钟乳石
峰丛一般耸立在记忆的胸口
你没来的时候，我们过着自己的风花雪月
很多蝙蝠与我们共处
我用暗流与瀑布
忽略石头的赞美
大风起兮，十八罗汉挥动长袍
臣服在水滴面前
继续努力吧，找到我的密码
我的已知是你的秘密
我的未知，还在成长

颜梅玖

笔名玉上烟。供职于宁波某报社。著有诗集《玉上烟诗选》和《大海一再后退》。作品被译介到日本、美国等。获《人民文学》年度诗歌奖和辽宁文学奖等奖项。

山 中

颜梅玖

雨停了，后来
雾大了起来，乳白色的雾气缓缓地
升腾着，群山若隐若现
我们沿着小径，继续走向深处
林中古树参天
古松连着银杏，楠木挨着秀竹
山樱像结伴而来的云霞，一片一片
歇停在山坡上
在我们的头顶，瀑布欢腾着
从悬崖落下来，在深渊中
有了规则的形状
在这里，万物都有自己的生存法则
蓝莓在静静地结果
野花儿在默默地开放
小径通向山顶，也通向湖边
蜥蜴卷着尾巴
机警地攀住草叶，等待纵身一跃
当我们行至山中心
万籁俱寂，古刹的钟声穿过树林
像光的到来

风荷

浙江省作家协会会员。出版诗集《临水照花》《恣意》，散文集《城里的月光》等。诗歌发于国内外各级各类刊物，并入选《中国诗歌精选》《中国年度诗选》《中国年度散文诗选》等选刊。

水镜子

风荷

越来越敞亮了，白色的云团
低于船舷

柳浪，闻莺
南屏，钟声伸出干净的舌头
柳丝，像绿色的窗纱卷起微波

苏堤，白堤
里湖，外湖
无数面水镜子带来冰雪般的光亮
昭示未来，也暗示生命的诗意

在盛世，快节奏的人
也喜欢享受绣花，雕栏，从前慢
停泊在水镜子上
任身体斟满月光的琥珀

立杰

河北作协会员。出版诗集《一个人的仙境》。诗文散见《诗歌月刊》《边疆文学》《扬子江》《诗潮》《诗林》《星星》《诗刊》《诗选刊》《天津诗人》等刊物。入选《诗探索》《星星》《诗选刊》《中国女诗人》《中国诗歌地理》等年选及《河北青年诗典》《河北诗选》（1978—2011）、《河北诗歌地理》等选本。

观 瀑

立杰

在百丈漈一漈
站在飞泻的巨瀑下
风夹带着水雾
卷起了你的长发
打湿了深秋草木的心
你才知道，什么是倾情

风经过玲珑的亭榭
经卷，吞噬一支羽毛的哨音

肤浅的事物，隐于轰鸣。生命中的颤音
爱，不耽时日，都在身旁
俯拾皆是，缘于天堂的钟声，悠远
辽阔，而明净。
这儿的一草一木
一花一果，都是神仙所赐
驻足，或稍作停留
他们都会奉上倾心而体贴的祝福

就连深潭中的游鱼都追随着我们

你一定还记得你的，他的，我们的
方向，竟是它们的方向，缘浅缘深
无非就是欣喜你的在，你容颜中的欢
你脚步声中的轻盈，和深藏于心的
自由。

如风

本名曾丽萍，作品散见于《诗刊》《星星》《扬子江诗刊》《诗选刊》《诗林》《诗潮》等多种刊物。部分作品入选《中国年度优秀诗歌》《中国诗歌年选》《中国女诗人诗歌特辑》《中国当代百名女诗人诗选》《新疆60年名家名作》等多种选本。著有散文集《那时花开》，诗画集《空中草原·那拉提》。系兵团第七师作协副主席、新疆奎屯市作协副主席。

别处

如风

野果林的杏花开了
花树下，提着裙角跑来的人，不是我
野百合顶冰而出
晨曦里，陪着它慢慢绽放的人，不是我

这世间，总有些芬芳不为人知
总有些秘密，静默如星辰

就像此刻
在那拉提以东，我隔着一场雨
遥望塔吾萨尼
在别处，把一棵草
喊作草原

东涯

山东荣成人。中国作家协会会员。参加诗刊社第26届“青春诗会”。山东省作协签约作家。著有诗集《侧面的海》《山峦也懂得静默》《泅渡与邂逅》等。现居石岛。

正棋山观棋

东涯

山有五峰，东西成列
森林犹自沉睡
凉亭下，棋战正酣，恍若古战场
举棋不定的沉吟盖过马的咆哮

我羡慕这从容，这风暴
将息时的寂静
但我只是观察者，在悬崖边采野花
听世界风声，以及著棋者
神秘的语言

再看时，棋盘上已是沧海桑田
风云变幻无非迷雾一场
坚果和矮松的香甜气息溢满山谷
仿佛预言，引导我们踏上自己的命运

宫白云

写诗、评论、小说等。作品散见于各种报刊与选本，曾获2013《诗选刊》中国年度先锋诗歌奖、第四届中国当代诗歌奖（2015—2016）批评奖、第三届《山东诗人》（2017）杰出诗人奖、第二届长河文学奖学术著作奖。著有诗集《黑白纪》，评论集《宫白云诗歌评论选》《归仓三卷》。现居辽宁丹东。

鸭绿江

宫白云

我已走到中游，江水还是那么缓慢
在傍晚露出她的脊梁
暮年的太阳落在上面，他古铜色的胸膛古朴忠厚
空气中，残留的三五个春夜
像那只江鸟从无声的水上腾起
一个怀旧者看着它
消失在茫茫天际
而月亮像下雪天气被扔在江里
碧水一圈一圈清洗
她内心的苍凉
岸边的灯火也进到了水里去
鸭绿江一片温和的微光
香槟楼的钟声
尽可能深地
隐入江中

黄玲君

安徽宿州人。所学为中药材专业，曾从事税务工作。诗人，安徽省签约作家。著有诗集《微蓝》等。现居合肥，供职于《诗歌月刊》编辑部。

鹊华秋色图

黄玲君

花骨朵，一座山的名字
山下，华泉，花泉
离开之后，在内心生长
那从扁鹊山顶借来的钢蓝色
如同一阵尖锐鸟鸣
贯穿你的身体，你甚至可以说
这只是存在于身体内的行旅

往昔熟悉的舟楫穿梭其中——
水泽之间，高高翘起的船头上，撒网的人
从左至右数，一共五个
恰好，草丛中的羊儿也有五只
只有那些茅屋前的树，它们是不同的
枝条或垂或扬，颜色或红或赭
远近枝叶触手可及

或者，它们来自另一重真实
令此后五百年和八百年的光阴静止
鹊桥上，皇帝之眼看到落差
只是，河流不会长时间舍弃故土

要学着把注意力
把秋天从真实中挪开

所谓的思乡也只是水泽记忆
要探索另外的更深远的经验
你得花时间审察
奇怪的鱼儿亦会从水中跃出
验证是必要的
如同两段清醒中间梦之必需

林馥娜

中国作协会员、广东文学院签约作家。作品入选国内外多种刊物及选本、高考模拟试卷及央视科教频道。著有《我带着辽阔的悲喜》《旷野淘馥》等诗集、理论集、散文集7部，主编诗集2部。部分作品被译成英、俄、韩、日、葡等文字。曾获国际潮人文学奖、《人民文学》诗赛奖、广东省有为文学奖、广东省大沙田诗歌奖等诗歌、文学理论奖。

小精灵

林馥娜

山与水十指相扣
一潭波光在深秋驻进眼底
口哨与响指紧咬舞步

打开夜的风衣，轻拂微露的半月
多么美！扶风轻踮梅桩
这尘埃之上，诗的巅峰之舞
欢啸的林涛为守林人所独拥

聚散一时的游弋者随喧嚣散去
杂迹于灯火灼灼的尘世
惟有夜行的萤火虫
晨暮之间翘首相寻的星辰
静默于此，与秋山同空寂

鼎湖山满了，空了
又分明深蕴着桂花熏染的小精灵
这些活蹦乱跳的负离子
宛如一个人被宠，被爱，被亲吻
而后慌乱地把喜悦从每一个毛孔放跑

任由它们调皮地放养于空山

而十月臂弯里的我，枕着梦的翅膀
掠过七星棋布的岩峰
流连于脉脉不语的曲径水榭

艾傈木诺

汉名唐洁，德昂族，生于20世纪70年代。著有《以你命名》《苇草遥遥》《中国德昂族》《水鼓禅音》。中国作家协会会员，鲁迅文学院第12届中青年作家高研班学员。曾获全国少数民族文学创作骏马奖。居云南瑞丽。

苹 果

艾傈木诺

我只为，不忠的丈夫斟茶
只为，失恋的人酿酒
只为，那些患失心疯的，点上迷魂香
我有十二棵苹果树，种在昭通

在洒渔河，蔷薇科的苹果苗，属落叶乔木
霜未落，诱惑的艳已映上脸庞
两只苹果，就可以熬出一服爱药
治疗，隐瞒在旧渔船上迷路的抑郁

把舒缓的九月，糊上墙
配两条肉桂、十粒葡萄、一杯红酒
一个痴情的肉身，我就可以除掉
那些故作玄虚，却敢对症下药的巫师

十万亩乔木长在昭通，十万亩苹果结红洒渔河
一把刀破出核，一滴泪水耽误一个
赶路人。而我，相信售卖魔药的贩子
相信十二棵苹果树上，躲着十二个不认识我的我

柴棚

本名周玉梅，20世纪70年代生于湖南黔城。其作品见于《诗歌风赏》《诗刊》《民族文学》《上海文学》《星星》《诗歌月刊》书刊。获第27届湖南省青年文学奖。出版诗集《碎碎念》《叩拜雪峰山》。中国作家协会会员，湖南省作家协会全委会委员，鲁迅文学院第32届中青年作家高级研讨班学员。

雪峰日出

柴棚

尽管秋天小心翼翼
藏住秋风
尽管枫叶，颜色太浓
易失鲜
尽管菊花念着心经
我还是扑通一声
跳出来了

我无法忍住秋天的火红
将雪峰山暖出一个黎明
咬出一枚红彤彤的秋果
你可知道
需要历经多少苦旅
才能发出一声尖叫

雪峰山的日出，独自高悬
晴朗是我的好消息
沉默，是我的疑惑
思念藏在隐秘的盒子里
被五点半的晨光叩醒

被一本经典的书籍打开

光和影，重叠，扩散
触碰芭茅草的肌肤
乌鸦的羽毛在那一刻停止梦境
发出金质的声响

在雪峰山
枫叶不肥菊花不瘦
很容易找到星星的家
很容易爱上一盏
身披风声
用光，牵我左手奔跑的
日出

路亚

居上海。诗歌、小说在《诗刊》《当代青年》《诗歌月刊》《星星》等报刊上发表。诗歌入选各种诗歌选本。获《西北军事文学》2015年度优秀诗歌奖、2017年首届原则诗歌奖。出版诗集《幸福的秘诀》《一阵风吹草动》。

在虞山

路亚

一伸手，我们就摸到了春天

春天慷慨，春天和蔼
一穿上春服，我们就变成了她

虞山一点绿，一点红，模仿着写生者的水彩
“整个虞山都是我的。”她嚷着
要为水边的那枝桃花系一方红丝巾
有人贵妃醉酒，吃下桃花读诗
有人站在枝头，从一朵樱花里抚到了春天的体温
夕阳下，我们舒眉，大笑。是围圈而舞的孩子
干尽了春天该干的勾当

普洱茶、糯米粥、青团和香椿……
再喝上一杯桂花酒
任何话题都蒙上了有趣的意味
如同一株桃花引起的喜悦
理所当然与周遭的人有所不同
如同半个夜色氤氲。我的同类亲吻我的悲伤
仿佛一瞬，仿佛经年

为了警惕类似和繁琐，乌云或淤泥
为了离这个世界不远也不近
我们相聚共叙，又归去独饮

鲁橹

本名鲁青华，生于20世纪70年代。湖南人，现居北京。作品发表于《湖南文学》《飞天》《十月》《人民文学》《诗刊》《诗选刊》《绿风》《星星》等，有诗多次入选年度诗选本。

盐官观潮

鲁橹

农历9月18日，钱塘潮到盐官后
观潮指数三颗星

人生会有很多次自作多情
单相思的叶子进入深秋，免不了临终的尴尬
但仰望是美的，心中的窃喜是美的
由此再次打开人生观的大门
是簇新的

戴着粉红帽子的大妈大爷，疯跑流汗的孩子
轻叫着“来了”“来了”的情侣，脸色忧郁的独行客
他们朝着一个方向，这个方向，此时承载着好多的好奇
向往、谜面和谜底
甚至，是一个人一生中唯一的一次
此后，再不复相见

我由此拽紧了爱人的手，有着微微的紧张
有着悄悄地加快了的心跳

——而海宁盐官，水面依旧平静

它骄傲而从容，素面朝天

当水拧成一根线，白色的微光
遥远地射来，人群的喧哗
如还未打理好迎新的人生
水以花朵的形状，手挽手地开过来
那些紧跟着的泥沙和鱼群
是送亲的部队，检阅了岸上欢乐的面孔

我怔怔的那一刻，潮已走远
而它回头的颜值，我不曾看见
我，泪水喜悦，欲说无言

施施然

本名袁诗萍，诗人，画家，主编《中国女诗人诗选》，中国作协会员，河北文学院签约作家，河北省女画家学会副秘书长。曾获河北省政府文艺振兴奖、中国作协重点作品扶持、三月三诗歌奖等，著有诗画集《走在民国的街道上》、诗集《唯有黑暗使灵魂溢出》《青衣记》等4部，国画作品多次入选国际、国内画展并被收藏。

想和你在爱琴海看落日

施施然

是的，就是这样
把你的左手搂在我的腰上
你知道我愿意将最满意的给你
手指对骨骼的挤压，和海浪的拍击
多么一致。在爱琴海
你是现实，也是虚拟
海面上空翻滚的云，生命中曾压抑的激情
像土耳其葡萄累积的酒精度
需要在某个时刻炸裂
相爱，相恨
再灰飞烟灭。原谅我，一边爱你
一边放弃你
鲸鱼在落日的玫瑰金中跃起
又沉进深海漩涡的黑洞
那失重的快乐啊，是我与生俱来的
孤独

娜仁琪琪格

蒙古族，中国作家协会会员，一级作家。《诗歌风赏》主编。参加诗刊社第22届“青春诗会”。著有诗集《在时光的鳞片上》《嵌入时光的褶皱》。获得辽宁文学奖、延安文学奖及《时代文学》《西北军事文学》《现代青年》年度优秀诗人奖等奖项。

远山装着巨大的神秘

娜仁琪琪格

草原之上是墨绿的丛林　而后就是连绵的山峦
一个人走向海日罕[1] 浓郁低矮的灌木
向我交出了神秘　咻咻的小兽的喘息
近在咫尺

静默着坐下来　便触摸到了柔软的绒毛
漫卷的云遮住烈日　将天空压低
此时　我是离天庭最近的人　此时凡尘远离了我
纷扰远离了我　我只管静默着望向天际
瞬息万变的瑰丽　屏住了我的呼吸

啊　再没有什么可纷扰我　撼动我
在扎鲁特草原　在连绵的山岭　在草原与丛林的结合处
我把自己坐成了一株花红　坐成寂静中的寂静
阳光罅隙的瀑布　沐浴了我
淹没了我

注：①海日罕：蒙古语，山岳、高山的意思。

宇向

生于20世纪70年代。著有《宇向诗选》《我几乎看到滚滚尘埃》《向他们涌来》《女巫师》《阳光照在需要它的地方》《口袋里的诗》《其他的事情》等。

远

宇向

我曾倒在
登珠穆朗玛的路上
12 年后
我从喜马拉雅头顶
缓缓飞过
从远开始的远
又白又冷
我曾倒在那儿
高原上，指尖触碰星星
“远”是垂首。刺目。寒气逼人
西藏是一种远。蓝毗尼
是远于西藏的远
童年是一种远
裹在暗红丝绒里的望远镜也是
寺院是一种远
相爱是。深海是。墓地是
咫尺是。一个人是
离世的心是
我去过很多很多的远
新的远离弃旧的远

真的远
在更远的远处
沉迷不语

万小雪

中国作家协会会员，参加诗刊社第27届“青春诗会”。先后在《诗刊》《星星》《诗选刊》《飞天》《黄河文学》等报刊发表诗歌小说作品多篇（首）。作品多次获奖，入选各种诗歌选集。出版诗集五部：《蓝雪》《带翅膀的雨》《一个人的河流》《沙上的真理》《西域记》。现供职于甘肃省玉门市文联。

白雪河西

万小雪

吾艾斯拱北的月亮升起来了，塔尖的光辉
一直在蔓延，青藤的枝叶
吹拂到一顶白色小礼帽的时候
一卷婴儿的古兰经
蘸着微笑的蜂蜜，徐徐绽放了

这是一个飞来的春天，穹顶，苍翠，珠玉的心
缤纷落在酒窝里
每个人都想舀起一碗圣水
每个人都想
在那绒毛编织的小躯体里，偷出
一粒文字的甜蜜……

这么说，这是一片小小的花园
有河西的白雪
纷纷飘出来，飘进去

直到一个白色的教堂清晰、醒目地
屹立在一个孩子的心尖上：
这是信仰
是信仰酿的蜜

张映姝

文学硕士，编审。2010年开始诗歌创作，在《诗刊》《诗江南》《扬子江诗刊》《中西诗歌》《中国诗歌》《星星》等刊物发表诗歌，入选《中国大诗歌2011年卷》《2013中国年度诗歌》《2016中国年度好诗300首》《中国年度优秀诗歌2016年卷》《2017中国年度诗歌精选》等多种选本。2015年出版诗集《沙漏》。现供职于《西部》杂志社。

宝古图，有鹿的地方

张映姝

不能把宝古图与沙漠挂钩
正如不愿把库木塔格与沙漠联系起来
名字都那么好听
宝古图，有鹿的地方

不能把宝古图归类为沙漠
像准噶尔不只是沙漠，还有盆地
一粒沙的翻越，究竟有多远
宝古图，绿色包围的沙之王国

不能把宝古图与沙漠画等号
像塔里木，我印象深刻的是河流
那一小片水，柔美的眼眸
宝古图心系天下，也痴情于此

宝古图，宝古图
我的双脚太弱，只能翻过两个沙丘
我的双手太小，捧不住一抔沙粒
宝古图，闪亮的水晶——我的爱

宝古图，宝古图
那么远，像我的西域
宝古图，宝古图
那么近，像我的新疆

张牧宇

满族，笔名小鱼木语。有作品发表于《作家》《诗选刊》《中国诗歌》《诗刊》《诗潮》《诗歌风赏》《满族文学》《星星诗刊》《青年文学》等，有诗歌选入年度选本。

一面湖水

张牧宇

沉寂是一点一点堆积的
来临的时候还是会让人茫然
我长久地坐在一面湖水前
风从远方吹来
云朵飘荡，萝摩有着精灵的翅膀
此时的时光漂浮在水面
充满放逐的旖旎和想象
而更多的时候，我们却承受着
赤裸的真实与淹没

我的身体里沉积的时光
在一场大病里燃烧，把咳碎的江山吐出来
湖水静静的，洗濯不为人知的绝望
夕光落入湖面，星星
静静地亮起来

阿雅

真名单宇飞，曾用笔名水边的阿雅，原籍辽宁，现居重庆。文字散见各大报刊，出版诗集《水色》。

青弋江

阿雅

把人间带入山水
用浓的淡的清雾喂养眼睛、呼吸，也喂养
人间的蓝，生命的青
她还用江畔的石头、草木，教会我表达
热爱，教会我用水来疗伤

是的，江上的浓雾曾收留了我
对岸的小岛，是我深埋的桃花
她曾在雨夜里探头，“最美的时光永远
都在盛开的路上”

我在木质的栈桥上流连
避不开的微澜与俗世么？我喜欢低下头
和着江水与风，沦陷于那些无法言说的
欢愉与波浪

青弋江，是从诗经里走来的惊喜
她停在大片的蓝的流动里
她让我们还原为水，忠于流动
历经磨难后的清澈，以及
一切美好的事物

李林芳

中国作家协会会员，山东作家协会签约作家。毕业于山东大学文学院作家研究生班。作品散见于《人民文学》《诗刊》《诗选刊》等文学刊物，入选《中国年度诗歌》《中国诗歌精选》《当代爱情诗鉴赏辞典》等多种选本，著有个人诗集《素花褴褛》《艾涧诗草》《青箬笠》，诗合集《山庄》《奔流向大海》。曾获诗刊社优秀诗集奖、中国红高粱诗歌奖、全国十佳教师作家等奖项。

百里峡

李林芳

非马，非梦，也不是蹒跚的骆驼
我一一看过去，陡立的山峰
无章法可寻，无回忆可凭依
峡谷安静，我没有听见撕裂的声音
我看见了断裂面，硬生生撕开的山峦
弥漫着触目惊心的疤痕
骨茬已长出腐草，腐草之上又有新绿
相对，峙立，千仞壁上
我看见了小瀑布，从崖顶垂下
一行清泪

水线滴答，万年不停歇轻轻地敲击
在峡谷，我一直在仰望
直上直下，陡立的崖壁
如果我低头
那是大雨滂沱，而我想掩饰脸上的涕泪横流

金铃子

本名蒋信琳。中国作家协会会员，诗人，画家。著有诗集《奢华倾城》《曲有误》《当太阳普照》《越人歌》《我住长江头》、诗画集《金铃子诗书画集》《面具》。曾参加诗刊社第24届“青春诗会”，鲁迅文学院第17届高研班学员。获2008中国年度先锋诗歌奖、第2届徐志摩诗歌奖、第7届台湾薛林青年诗歌奖、第4届中国散文诗天马奖、《诗刊》年度青年诗人奖等文学奖项。

一只九曲河的大鸟

金铃子

一只大鸟，一只九曲河的大鸟
在我眼里一闪而过

水墨披风随青空旋转
大雁之声，似浪非浪

此时，只有我是静止的
我从飞翔处来，知道飞翔的难处
知道雷电也喜欢引路

此时，我身披雁衣的男人是静止的
星空下，多了两个收拢翅膀的人
已杂烟尘，却洁如新月

叶菊如

湖南岳阳人。中国作家协会会员，岳阳市岳阳楼区作协主席，2009年参加中国作协诗刊社第25届“青春诗会”，出版诗集《一种寂静叫幸福》《别样心情》。

王家河记

叶菊如

山茶花开败了，蜡梅
接着开，王家河
挤在去春天的路上，盛开和熄灭
都蓄满了暴力——

几株柳树，围着一条长椅：
那里有你走过的痕迹

忽而阔大的雨，落在木栈道上
让我想起爱消失后
一个个变调的音符

结满水珠的迎春探向我
就像那一日
我把脸埋进你的胸前……

一只雀鸟不是孤独
一只雀鸟站在高枝——
像要赋予翅膀新的含义

花语

原名徐华。参加诗刊社第27届“青春诗会”。曾获2017年第四届海子诗歌奖·提名奖、2016年《山东诗人》年度诗人奖、2015年《延河》最受读者欢迎诗人奖。入选2013年中国好诗榜，《西北军事文学》2012年度优秀诗人。著有诗集《没有人知道我风沙满袖》《扣响黎明的花语》，居北京，中国诗歌网特约访谈主持。

双河，我安于这样的灰寂

花语

我安于这样的灰寂
选择雨天，在双河的山间
流连
我闲适这雾的慵懒
在灯光浮荡的夜
赐我迷蒙、温暖

那秋塘最后一朵粉荷是我
那探头半空
白头的青苇是我
那趔趄的石级边
措手摘掉的彼岸花是我
那幽洞探险深藏的秘密是我

那清流是我
那浊浪是我
那水洞虚幻
倒映水中，七彩的斑斓是我
那青苔老岩流淌的水滴是我

那裂缝千年不愈的伤痕是我
那钟乳尖利颓唐
最终倒塌为罪的粉末是我

我是粉身碎骨
也是起死回生

双河，以基督耶稣负罪的名义
宽恕一次死亡
交换一次重生

双河，在溶洞
裂缝
清溪峡，俯瞰或仰视
生与死
一样厚重
一样永恒

李小洛

曾参加诗刊社第22届“青春诗会”、第6次全国青创会，就读于第7届鲁迅文学院高研班，获第3届华语文学传媒大奖提名、第4届华文青年诗人奖、郭沫若诗歌奖、柳青文学奖，系首都师范大学2006年度驻校诗人、中国作家协会会员。著有诗集《偏爱》《偏与爱》《孤独书》《七天》，随笔集《两个字》，书画集《水墨系》《旁观者》等。

缓慢之城

李小洛

向飞渡峡每一条瀑布致敬
向黄安坝，每一株草致敬
向五月，南江河两岸
茁壮的玫瑰树致敬

在镇坪，我们看到的夏天
是多么奢华
每一朵花，每一片叶子
每一滴雨水，都是限量版
我们缓慢地走着
在每一条缓慢的
街道，小巷里穿行

每一缕缓慢的时光
都来自时间
来自月亮、太阳，和星星
对于镇坪
也许我还没有太多的抒情
只是在离别的途中
每一个快要拐弯的山口
忍不住停下来，回头张望

在这里，又一次记起
每一朵月季、玫瑰
每一株黄连、苦瓜
每一阵风、一场雨的
品格和脾性

高娃

蒙古族，生于20世纪70年代，内蒙古作家协会会员。鲁迅文学院少数民族作家培训班15期学员。作品散见《草原》《延河》《鹿鸣》《六盘山》《安徽文学》《散文诗》《诗歌风赏》《脊梁》。出版个人散文集《阳光下的苏鲁锭》。获第4届、第5届内蒙古自治区职工文学创作二等奖，并获鄂尔多斯市文学艺术精品奖。

蓝色的爱

高娃

走在天空的影子里
捡拾起昨天的眼泪和微笑
把它贴在心口
就像草原上的花紧贴着大地

跟着尘土散布的快乐
一阵颤栗涌向指尖
弹拨着骨缝深处的乐音

默默地坐下来
不要去寻找昨天的花朵今日的落瓣
生命的河流早已不会在秋天泛滥

我将载着你　悠悠地向绿荫深处划去
摘一朵沾有露水的莲花簪于你的发间
可记得
你的微笑像是阳光亲吻到了天空
舒展了一世的蓝

布木布泰

本名张玉磬，生于科尔沁草原，蒙古族，诗人、编剧。内蒙古作家协会会员，内蒙古文艺评论家协会会员，现任内蒙古通辽市科尔沁区文联主席。“科尔沁诗人节”的发起人兼总策划。《科尔沁诗人》《科尔沁文艺》总编。主要作品有儿童音乐剧《蓝星星的秘密》。电影剧本《勋章》。著有诗集《经过一只鱼的海……》《云朵屋》。

奔跑的白桦林

布木布泰

在阿尔山，不用区分山水的概念，给山水取名字的人是多余的。

时光，在白桦林里奔跑。

那些斑驳的记忆一个接着一个从眼前跳过，跑远……

剥离记忆的碎片，如同剥离白桦树干上即将层层脱落的“死皮”一样。

白桦树像老人一样，在冷峻的岁月之中，蹉跎成一种柔韧的挺拔。

那种美，有着别样的印记，又像是时光之笔漫不经心的勾画。

看到白桦林，眼前突然掠过阅兵式上海军仪仗队的威武雄风和飒爽英姿，那是跃动的青春……

那么，穿越这万顷林海，如此庄严的仪式是为我准备的吗？

该是多么盛大而高贵的礼遇啊！

时光，匍匐在记忆里，匍匐在阿尔的山水里。

我的心，随白桦林一同奔跑……

南子

20世纪70年代生于新疆南部地区，著有诗集《走散的人》，随笔集《洪荒之花》《西域的美人时代》《奎依巴格记忆》《精神病院——现代人的精神病历本》《游牧时光》《蜂蜜猎人》等，著有长篇小说《楼兰》《惊玉记》。获第三届“在场主义”散文新锐奖、西部文学奖诗歌奖、华语青年作家奖非虚构奖。现居乌鲁木齐。

需　要

南子

构成一个草原
需要一些杂草、乱云和羊群
需要持续的注视带给我以惊奇

构成一座山
需要泥土、岩石和树林
以及一双向上的、爱恋的眼睛

构成一块绵延的麦田
则需要持续的饥渴
用一座坟　刨出村庄古老的根

构成村庄动荡的四季　需要引来八月
拍打出金色的汁液和火焰
需要足够的阴影
让土地里的粮食充满生长的欲望
倒空它，再将它填满

最后　还需要异乡人的乡愁和梦境
在另一个秋天热风的吹拂下
怀着死　赞美生

横行胭脂

本名张新艳，陕西省文学院签约作家，中国作家协会会员。曾在《人民文学》《诗刊》《星星》《青年文学》等刊物发表诗歌作品，参加过诗刊社第25届“青春诗会”，曾获中国年度先锋诗歌奖、第三届柳青文学奖、西安市骨干艺术家奖、陕西青年诗人奖等多项奖励。诗集《这一刻美而坚韧》入选“21世纪文学之星丛书”。

桃花潭之夜

横行胭脂

细雨中，神话平坦
夜晚的神垂下额头
一张温润的细丝毯将桃花潭裹于其中
蛙鸣三两声，十里方圆长出一只清幽的耳朵
潭岸林木的香气贯穿肺腑
我们进入了女子贞树、香樟树、合欢树的联合课堂
灯花一朵两朵，挑开雨雾的灯芯
我看到一种含羞的明亮和一种羞涩的寂静
这是皖南的桃花潭之夜
皖南特有的迷人之处在初至之客面前淋漓展示
以桃花潭为背景，是夜，可置几煮茶，邀才子品茗
古琴声声，时间演绎语词的婉约派
以青弋江为背景，则在三百杯大醉之后
万古愁沸然于胸中
须吐出这一腔词语方为快
遂呼来汉语的知己，添酒回灯重开宴
我们对坐古老的渡口，谈论桃花的芳魂与新诗的可能性
细雨抱着酒杯，轩窗花落千瓣
相与枕藉乎舟中，不知东方之既白

荫丽娟

20 世纪 70 年代生于山西省太原市。中国诗歌学会会员，山西省作家协会会员。有作品发表各报刊并入选《2015 中国诗歌年选》《2016 中国年度诗歌》《2016 中国年度作品·诗歌》等多种选本。偶有获奖。出版诗集《那年那雪》《眉间书》。

红崖顶

荫丽娟

我竟不能混迹在一片苔草中
看一看，人间的天光淡影
秋风肃杀。
我竟不能跳出生活的尴尬境地
用心享用自然赐予的一场盛宴。
牛角鞍，2566 米的高度
不胜寒。
雨夹着雪下来，绵绵无尽——
鱼龙混杂的心念对我来说是常有的事情。
内心积攒的雨水，随我一路攀缘上来
在草尖停留，汇集成海
云在低处浮动，海一样幽深而辽阔。
木质台阶上堆砌的松针，是生命琐碎的细节吗？
它们在我来时路和去时路上
裹着与世界一样的灰色尘土。

邓朝晖

生于湖南澧县，中国作家协会会员，鲁迅文学院高研班第22期学员。诗歌发表在《诗刊》《人民文学》《星星》《十月》等刊，入选若干年度选本。并有近20万字散文小说发表并被转载。曾参加诗刊社第23届“青春诗会”，获27届湖南省青年文学奖、第5届中国红高粱诗歌奖、湖南年度诗歌奖等奖项。著有诗集《空杯子》《流水引》。

夜宿竹林

邓朝晖

我没想到此生会有这样的福分
一觉醒来
已置身于竹子的包围里
绿色的大海中
几幢白房子是难得的点缀
而这家的男主人在路边被我碰到
怀抱一根竹子
想着虚空的心事
我知道
它们不是竹竿，经历人事已久
颜色发黄，表皮光滑
它们是不懂事的愣头青
一身翠绿
还用刚长的胡须扎人
它们被称为楠竹、毛竹、金竹
箭竹、箸竹、箬竹
还有竿壁厚近乎实心的苦竹
心里苦，苦到没有虚妄
株型矮小叶细密的凤尾竹
是竹子家族的赵飞燕

至于斑竹
没有想象中的好看
它们的斑不是眼泪而是
岁月这只蛀虫留下的牙印

我没想到今晚可以留宿在竹林里
上坡时遇到它
下坡时遇到它
开窗是它
走出大门
遇到灯下它高高瘦瘦的身子
叶子在灯光之上
我看不清它是摇曳还是在哭泣
或者是，打量这个清冷的人间

祝雪侠

笔名祝雪，中国作家协会会员，第7届全国青创会代表，鲁迅文学院第19届高研班学员。先后在《中国作家》《文艺报》《诗刊》《扬子江诗刊》《诗歌月刊》《绿风》《黄河》《诗林》《诗歌风赏》等报刊发表过诗歌、散文、评论、报告文学等近一百万字。出版诗集《雪舞花飞》、诗歌合集《文心中国》等。

钱塘江的夜晚

祝雪侠

如此迷人
钱塘江的夜晚
波光粼粼
伴着璀璨的灯光

此时　可以写诗
可以对着海面大胆想象
清风一缕
秀发飘逸

梦幻杭州星光点点
很想畅游
让灯光一起跟着漂流
江面上的小船儿荡悠悠

那束光一缕一缕
有些穿越
水面仿佛穿上了美丽的面纱
我一个人独自陶醉

史云彦

笔名云影，香港人，喜爱写诗，话剧，读书。诗作入选《春风破》《中国诗人印象》等合集。

在木公寨

史云彦

悲伤是莫名的，愉悦不是
月光碎在崖下的影子是莫名的，由你吹来的风不是

多么深的漆树林，一小朵鸟兰里紧吻火之心
山脚下的古庙是莫名的，石级不是

有多么骄傲，就有多么卑怯
风把一朵云推出大海——
折回七月

潜梦者在薄雾中反复调试深浅
他挖空了心，不知疼痛

舒丹丹

生于湖南常德，现居广州。中国作家协会会员。著有诗集《蜻蜓来访》《镜中》。著有译诗集《别处的意义——欧美当代诗人十二家》《我们所有人——雷蒙德·卡佛诗全集》《高窗——菲利普·拉金诗集》。曾获2013年度“澄迈·诗探索奖”翻译奖、“第一朗读者”2016年度最佳诗人奖、罗马尼亚雅西市政府颁发的“诗歌大使”称号等。

与海浪鸥鸟共度一个下午

舒丹丹

面对大海尽可放弃言辞，
平静或激荡，都有海浪替你说出。
只需走进薄薄的潮水，加入到
那网一般倾覆的鸥声中，
立定，看细浪一遍遍安抚沙滩，
远处一只鲸鱼突然喷射水柱，
撕开海面柔软的蓝绸。
或者踢掉鞋子，当潮水收拢夕光，
与奔跑的影子追逐，
偶尔被贴地而生的海草或贝壳
轻轻扎一下，如同遭遇生活
暗藏的尖刺：一切都是馈赠。
仿佛听从一种神秘的自然教义，
巨大的美与安详将你俘获，
令你噤声，失忆——
没有痛苦值得想起，也没有夙愿
需要许下。直到天空矮下来，
鸥鸟栖落又飞起，为你停留在
一个合适的高度。

龙青

台湾人，笔名墓鱼，生于20世纪70年代。得过长篇剧本八十万首奖，开过两间艺文咖啡馆。曾任《倾向》《自由写作》编辑。现为极短篇作家协会理事、专栏作家、斑马线文库副社长。出版个人诗集《有雪肆虐》《白露》。

桃花·青丘

龙青

我来过这里？
山青水碧，桃花近在眼前
此刻，衣裙、喉咙和词语一样
都迫切地，想要妖娆
想要发出鸣叫

我动念。在河流与河流之间
进入它们。在两棵桃树之间
在午后，步行两三里地
打开空室以待的门窗
任由你进入它们。

稍一闪避，念头就滑出了身体
桃花的舌尖正在隐形——
四面都是水，在低垂的流动中
人们的眉目是清晰的
念头荡漾着
一圈圈儿，泛起涟漪

当风沿着远山的弧形滑下

鸟在对岸鸣叫
桃花的身子微汗，应答
在冬日的最后
将河流
溅得水花四起。

翩然落梅

原名崔宝珠，河南睢县人。生于20世纪70年代，诗歌散见刊物及入选多种选本。参加诗刊社第28届“青春诗会”、鲁迅文学院第31届青年诗人高研班等。

石　峁

翩然落梅

那些在石室中琢玉的人
在洞穴中
蘸着老虎的血绘制壁画的人
把死去爱人的魂魄
装进一张面具的人
甩出一把竹矛
扎进豹子绚丽背脊的人
背着旅行包
茫然来寻找什么的人
在夜里会被同一个月亮唤醒
呵你球形的废墟
被无数次仰望过而心存大悲
浑黄大地上
立足之处都是遗址
踟蹰的人啊
你俯身想拣起什么
隔着博物馆的玻璃我听到
隐隐的叹息和歌唱
月光在其中碎掉如琉璃。

梅依然

四川遂宁人，现居重庆。中国作家协会会员，重庆文学院签约作家。出版诗集《女人的声音》《蜜蜂的秘密生活》等多部。获《诗选刊》中国年度先锋诗歌奖、《现代青年》年度最佳青年诗人等奖，入选重庆市首批“巴渝新秀”青年文艺人才。

崭新的世界

梅依然

清晨
打开世界的百宝袋
放出光、鸟鸣、炊烟
放出野菊花、蒿草和松果的香气
田野像一个长途跋涉的旅者
远离城市的喧闹
沉浸在自我的旅程中
一条弯曲的小径
制造了明暗相接的线条
“世界如此多变，什么是爱？”

站在开满荻花的池塘旁
你想：爱就是醒来
像第一缕光的降临
向你问候
像悬崖上盛开的野菊花
迎着寒冷的冬日
举着一颗小小的心
将光的蜜汁
全部倾倒在你的怀中

而你满怀感激——
伸出双手
啊，世界，你好

林莉

生于20世纪70年代。诗文见《人民文学》《诗刊》《花城》《天涯》《读者》《星星》《人民日报》《光明日报》等报刊。参加诗刊社第24届“青春诗会”。获2010年度诗探索华文青年诗人奖、2014江西年度诗人奖。出版诗集《在尘埃之上》(21世纪文学之星丛书2010卷)、《孤独在唱歌》。

峡谷

林莉

在峡谷，走投无路也是快意的
不需要辨别，去了哪里
从何处折返
满目斑驳秋意，被流水送远

峡谷崎岖，两旁倒伏着巴茅
因为潦落，而独具禅意
山中一日，人世千年

我在峡谷
我在峡谷
我发出去的简讯，像那只飞身崖下的白鹭
被暮色弹了回来

谈雅丽

中国作家协会会员，曾参加诗刊社第25届“青春诗会”。获首届红高粱诗歌奖、华文青年诗人奖、台湾叶红女性诗奖、东丽杯鲁藜诗歌特等奖、全国海洋诗歌大赛一等奖、湖南青年文学奖等多个奖项。出版诗集《鱼水之上的星空》（入选“21世纪文学之星”丛书）和《河流漫游者》。散文集《沅水第三条河岸》（获第十届丁玲文学奖）。

溆水，一生难以完成的流淌

谈雅丽

我把情感倒空，装进这条细小的河流
我爱——请原谅我，当我说出此句箴言
溆水忽然把一江水，都化成我的眼泪

江边满坡红橘，它身边一列轰隆缓行的
绿皮火车，但没有一条道路通向你
甚至江水，这江河水使人心里发烫
使空怀的思念失去了它的流向——

远处的禅寺叫溆波亭，想起流浪异乡的将士
在此处只留下他们失意的战魂

江上常有一艘轻飘而过的小船
江水的底色如你在我心上留了温和一眼
我爱——你是完美的，你是江河水
我胸中涌动的波涛是时光放置于心头
最深的羞愧

江水在此汇流——
发出更大的声响，在此喧哗，在此表白

在此把迂回流成世上最大的惊叹号
两岸盛开奇异的浅草，它们散发翠绿的微光
阳光在江里闪烁，时光的彩釉要随梦境
一路流淌到洞庭湖

或许你心里有无人能解锁的密码
我找不到钥匙，只能向深爱妥协——
在江河中放流我的失败之心
因为那里清澈，美满，自由——
有我们一生都难以抵达的终点

西月

藏族，青海人。系中国少数民族作家协会会员、中国诗歌学会会员、青海省作家协会会员。1991年发表处女作，作品发表于省内外各类公开刊物，部分作品收入多种公开发行文集，出版诗集两部，两次就读于鲁迅文学院少数民族文学创作培训班。地方文学期刊编辑。

穿过河水的草原

西月

跟随永安河的波涛
我回到草原，牧草长势正好
格桑花指认马上的恋人
我不说姓氏
泪光中已经默默相认

经过扎萨河
仿佛经过了一辈子
一粒石子打磨着另一粒
一浪推着另一浪
河水带走寂静的时光
草原的绿色更深了

萨拉河隐藏在草原深处
清澈的内心隐匿不了一条漫游的鱼
光阴的脚步在这儿减速、静止
阳光打在金露梅上
打在光滑的卵石上
与水为邻
我想成为这片草原上

独自游荡的一片云

格萨尔王的马蹄曾落在
哪一座空寂的山间
岩羊依旧出没在这里
野狼抒情的呼唤
让草原变得自由而空阔

我静静等待——
期望被古老的草原
认领回家

赵春秀

20 世纪 70 年代出生于内蒙古五原县，后随父母搬迁至磴口兵团，2009 年开始写诗，作品散见《草原》《延河》《橄榄绿》等多种刊物，诗歌入选《内蒙古七十年诗选》及多个年度选本，出版诗集《时光草》，现居巴彦淖尔。

军马场草原的露水

赵春秀

以月色为界，我们相互交换眼神
军马场的露水
你是草原的眼睛
看累了人类亮出的伤口
夜晚为扭曲的灵魂包扎
甚至用多年隐藏的花朵
穿过明亮的月光

我走的那天，背包很沉
似乎背着汹涌的海水
难以挣脱。几次回头
看到多个相似的你
凝结成离别的泪珠
打湿整个草原

翁美玲

浙江温州人，生于20世纪70年代，中国作协会员。作品曾发表于《诗刊》《十月》《人民文学》《青年文学》《诗歌风赏》等书刊。曾获首届《青年文学》年度诗人奖提名奖。著有诗集《果实之梦》《矛盾》。

在铜铃山

翁美玲

落日，生长着鸟鸣
铜铃山的雨水，清泉
天籁的风声——

究竟用了多少时间
亿万年前的剧痛，落地生根
石头作身体，安然于天地间
石楠、薯豆、苦丁茶
或者汉语、爱情、故乡
它们都能说出一座山的本质

斑驳的石块，一棵树的年轮
细雨和阳光在同一天降临
行走在两个天地之间
即使是一只觅食的猴子
也有足够仙气，独踞山水

乙未年，我们来自不同方向
以文学的名义，点燃篝火
举杯对饮，却没邀上明月

而我两手空空，误入此地
明日立冬，我将在这里卸下尘世的困惑
低身，把时间交给河流

红娃

本名王蕾。生于20世纪70年代，鲁迅美术学院毕业，有多首诗歌与多幅绘画作品发表于国内报刊，并有作品获得相关奖项，辽宁省作家协会会员。

牧 春

红娃

雪，还在冈底斯山上怒吼
一团移动的雪
藏在白马的体内，被料峭的春风召回
照亮了白马和草原

被放牧的青草，在水墨中渐浓
一个陡峭的词语
在春天的唇边悬挂

风吹河水，在不断拓宽的河道中
在春天的体内
孤独是一把锃亮的刀子
是一件比雪更亮更黑的乐器

而白马是草原的明月
她把守望的红衣少女
带进春天的诗行

安海茵

大学期间开始文学创作，有小说、诗歌等发表于文学刊物并收录年度选本。哈尔滨市作家协会副主席。《诗林》副主编。

草原星空

安海茵

星空的暗语被隐藏在时间之外
氤氲着草原上曾经埋没的每一根骨头
这一切我从未想过
直到看到科尔沁的星空
才隐约明白点什么

曾经的我
一颗星也看不见
直到被草原的青草刷屏
我才试图第一次去触摸这钴蓝的穹顶

月亮已然很高
远处的山峰渐渐隐身成背景
还是说说这些星星吧
因为夜的过分安静
我似乎感觉到星星闪烁的动频

银河也斜着铺展开来　还是我记忆中的样子
王母娘娘的玉簪还是如此的犀利……
离银心不远的天区

有两团一大一小的白色与银河巧笑呼应
我猜那是伴星系——
大小麦哲伦星系
不过也许我是错误的
我们在星空面前所知甚少
定见甚多

宁颖芳

生于20世纪70年代，陕西岐山县人。中国作协会员、陕西省作协理事、咸阳市作协副主席。著有诗集《红指甲》《雪，或者爱情》《虚构的风景》《倒影》，散文集《纸上独舞》《补丁》《花半开》。

深秋，途经明月峡

宁颖芳

深秋，途经明月峡
我停下来片刻
只为洁白的山岩、凝固的月光
江水平静地流过，不动声色
不再涌起波澜，也不再卷起浪涛

人间散落的一粒微尘
因偶遇明月峡，而不再黯淡
用清澈的水洗去泥污
用光洁的丝绸擦掉锈渍
此后旅途，都是干净的邂逅

我放下了玫瑰、信封和地址
甚至深秋里最后的一片叶子
我携带着白纸、莲花和经卷前行
我相信明月里，有永远的故乡
前方等待的雪花里，藏着泪水

微雨含烟

本名李维宇。中国作家协会会员。辽宁省作家协会签约作家。曾获第7届辽宁文学奖诗歌奖。参加诗刊社第29届“青春诗会”。鲁迅文学院第31届高研班学员。出版诗集《回旋》。

秦淮河

微雨含烟

若不是照片，大概不会记得
去过那里。即便记得
也可能仅记得夜晚的黑和
逶迤的灯火。我们走在
灯火里，丝毫不为这些
光亮所动。我们跟着人群
体会一条街的过去
一些传说借着流水
通过播音器讲给我们听
那些香艳的故事和名字早已
随着流水卷进过往
很多年后的我们
不会被人提起，只有此刻
在这里走着，我用手机拍下你背影的同时
感觉自己被黑夜所融解
当我们坐进画舫，水拍打着船舷
我感到自己被水
赶着在奔向未知。

小西

山东青岛人。有诗歌发表在《人民文学》《诗刊》等多家刊物，并入选多种选本。曾获中国第3届红高粱诗歌奖、首届诗探索·新诗发现奖等。参加《人民文学》第4届新浪潮诗会。出版诗集《蓝色的盐》。

春光慢

小西

山上有溪涧，一条鱼
和一群鱼的孤独，有所不同。

山下有人家，炊烟散了又来
来了又散。

突然落雨，窗外没有芭蕉
这雨下得单调。

要承认心乱笔亦乱。
画坏了，再画
大一点的毛笔，大一点的宣纸。

低头喝茶，电话恰在此时响起
我把你的笑声
咽下去一些，腹内生了暖意。

把剩下的，装在酒坛里密封
等你来，我们把悲伤滤掉
一小盅一小盅，就着春光慢酌

黄芳

1975 年生于广西贵港，毕业于广西师范大学中文系。中国作家协会会员。出版诗集《风一直在吹》《仿佛疼痛》《听她说》。参加诗刊社第 26 届“青春诗会”。现居桂林。

在黄姚

黄芳

1
第一次
她把小巷走了三遍
有人喜欢豆豉，有人喜欢花环
黄昏时分
她爬上一家客栈的阁楼
院子里，主人在喝茶，浇花
她想成为他
看木椅子安静。看风吹，树动
白影子摇晃

2
第二次
她跟在一个老奶奶后面
把沿街的河走到尽头
路上，她遇见嬉戏的孩童
吃草的牛，以及
晒橘子的哑巴少年
黄昏时分
她走进一个庭院

院子里有水井，有古老的缝纫机
但没有主人
她想要一件刚刚被缝出来的新衣
但没有主人

3
第三次
她在黄姚邮局门前停下来
让绿色的风吹
河边那棵古树还像以前一样
任由她攀爬
却不让她够着木叶
“偶然间”三个字还像以前一样
长在墙上，有些怅惘
有些错愕
黄昏慢慢变深时
灯笼亮起了
一步一盏地照着街巷
——世间美过
某个摇晃的白影子
来过

白月

“70后”诗人。中国作家协会会员。获第8届台湾薛林青年诗歌奖、巴蜀青年文学奖。曾出席全国第七届青创会。参加诗刊社第31届“青春诗会”。鲁迅文学院第31届青年作家高研班学员。著有诗集三部。现居重庆。写作，画画。

一面湖水

白月

风的手指。轻轻，轻轻，
去剥她，一层又一层。
没有别的，这些波纹如果可以抽丝一般抽掉。
便使出指甲，隐藏的硬度——
月牙呵，
湖下有棵桂花树开了花，香了几里，而家乡，
在千里之外。窗帘不动这黄昏，
她的目光哪儿也不去，温着这双手，
这些盼望的纹路。

蓝紫

湖南邵阳人，现居广东东莞。中国作家协会会员，广东省文学院签约作家，参加诗刊社第29届“青春诗会”。已出版诗集《与蓝紫的一场偶遇》《蓝紫十四行诗集》《别处》《低入尘埃》，诗论集《疼痛诗学》《绝壁上的攀援》，诗歌摄影集《视觉的诗意》。

山林之晨

蓝紫

黑夜渐渐褪去，花朵漂行水中
那宛如仙境般的
缕缕轻烟，俯向山林
与草木一一缠绕

光芒故意将花瓣的酒杯碰碎
让鸟鸣都带着微醺的气息
山野的额头飘着薄雾，露珠藏满祷文

一个人需要走多久才能抵达自己的灵魂？
在昨夜之前，我已浪费了太多路途
才找到这美丽的光阴

田暖

中国作协会员，山东省作协签约作家。著有诗集《隐身人的小剧场》《如果暖》《这是世界的哪里》等，诗歌见于《诗刊》《文艺报》《诗歌风赏》等，入选多种年选。诗集《儒地》入选2017年中国作协定点深入生活项目。曾获中国第4届红高粱诗歌奖、中国第2届网络文学大奖赛诗歌奖、齐鲁文学作品年展最佳作品奖、叶圣陶教师文学奖等。

天蒙山之雾

田暖

这样的天气
一座山和我都陷在各自的雾里
像各自怀有的梦，无法磨灭

乳白的雾中
山只把一小点真实的世界留给人看
忽而青山隐隐，忽而悬崖绝壁
忽而高山流水，忽而落木枯槁
更多的留白，像幻象

行走在玻璃铺设的悬索桥上
我也如履薄冰呢
雾穿在身上，梦行走在途中
足以置万险于脚下，让波澜不惊

能够像山一样跃起来多好
仿佛轻盈一跃
就抖掉了周身的浓雾和不被看见的奇险

——就跃成了茫茫雨雾中突然闪现的
绝美、高耸的峰巅

霜扣儿

黑龙江人。中国散文诗百年大系《云锦人生》卷主编，《诗》主编，《关东诗人》副主编。作品多次获奖。著有作品集《我们都将重逢在遗忘的路上》《你看那落日》，散文诗集《虐心时在天堂》《锦瑟十叠》（散文诗五人合集）。

在桃花潭边写诗

霜扣儿

那是明净的，仿佛不存在
那是梦幻的，仿佛没有来路与归途
那多么静谧，仿佛此生还没有苦

写一首叫做“活着”的诗。在题目上挂出薄日
一怀深流打开源头
一万匹白马无草还乡，一万个高枝登临而不遇
桃花潭，我与它空悠悠相对
中间隔着一道轰然的清贫

也许更苍白。花像飞雪一样
花飞进诗歌的中段，潭水正好起雾
掩去了我的身体之皮
一汪深深的凉漏出竹篮：一个人要老多久
才被他人，哭着念及

我写的《活着》已是下游。身畔没有蔓延的东西
在桃花潭前
我像是最后的知己

那是明净的，仿佛不存在
那是梦幻的，仿佛没有来路与归途
那多么静谧，仿佛此生还没有苦

天天

中国作协会员。安徽省文学院签约作家。鲁迅文学院高研班学员。参加诗刊社第28届“青春诗会”。曾获安徽文学奖等。

天目山的黄昏

天天

没有霓虹，只有越来越暗的绿，
没有车水马龙，树下的晚餐朴素、温良。

清风，明月。无尽的话语在流淌，
干了这杯烈酒，回应莽莽群山，
而永恒的诘问在闪耀，我想象那是
惊心的箫声，从远古跋涉而来，
它周身的洞眼敞开，我想象那是悲痛的
粮仓，朝远道而来的人呕出心头的故乡。

多久了，我们坐在这里，
像沉船，把自己搁在精神与肉体的迷途上。

冷盈袖

生于20世纪70年代，浙江武义人，又名骨与朵。偶尔写诗，偶尔获奖，出版诗集《暗香》、随笔集《闲花抄》。

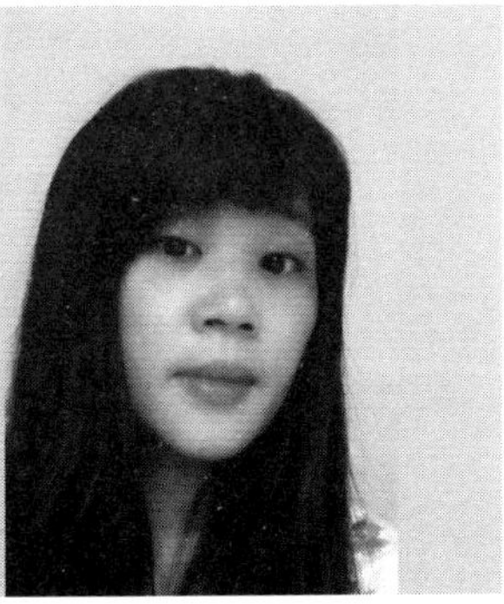

在空谷

冷盈袖

不能融于人群，就融于孤独
孤独的人，是圆满的。高悬的明月如此

静谧的湖泊如此。短暂的涟漪
也拥有自足之美，而且再没有其他比这更美

当我与山谷交谈，山谷回应以鸟鸣、风声。对植物的喜欢
一向远胜于动物。它们干净从容，比美更美

林虹

瑶族，广西贺州人，中国作协会员，鲁迅文学院第22届作家高研班学员，上海戏剧学院2015高编班学员。曾在《作家》《诗刊》《民族文学》等发表作品 。入选各种选本。出版诗集《十万朵桂花》。获2017年度中国少数民族作家学会文学奖、第5届广西少数民族文学创作“花山”奖、第8届广西剧展桂花金奖、桂花剧作奖等。

我们只爱当下的彼此

林虹

留下来，好么
我们就在花山隐居了
在大坪，在瑶寨
不看时间
随日月起居
我们养几箱蜂吧
在屋后的桫椤树下
满山的花一茬一茬地开着
鸭脚木，野坝子，金银花……
它们和我一样
不知时光的流逝
而山村的黄昏来得那么早
白月亮挂在天上了
夜里那么凉
你在打一锅油茶
黄姜，蒜米和秋茶
炉火边打盹
你不说爱我老去的容颜
我也不看你的华发
我们只爱当下的彼此

云冉冉

原名陈美霞，浙江省作协会员。作品发表于《诗刊》《诗选刊》《星星诗刊》《诗歌月刊》《青年文学》《十月》《延河》等刊，出版诗集《一朵云的走私》。

八仙石

云冉冉

没有尘烟，山之间，水之上
是悟道的好地方
八仙得道留下的皮囊
被水冲洗出一双眼睛，对视所有人
都会撞出一串惊叹
惊天动地的过往，必须躲在传说后面
静默才是你修行的果
经过你身旁，手指抚过你层层细纹
你会感受到一个成熟女性的体温
带着草的味道，从另一片山来
几十年，从未超凡，也不曾脱俗
和你远游的灵魂，相去甚远
她带着自己和别处的生活
和你一样不多言
和你一样爱着白天也爱着夜晚
岁月赠予和你一样的礼物
褶皱渐长，只是，她的皮囊
满是尘土，
俗世里，还没找到一溪好水洗涤

夏花

诗人、大学教师，诗歌作品发表在《诗刊》《收获》《十月》《天涯》《青年文学》《民族文学》《诗潮》《散文诗》等多家刊物；多次入选各类年度选本。出版诗集《一些旧诗歌从海边赶赴京城》《夏娃之夏》。

汨罗会

夏花

不如让车停路边
脚踩湿地。汨水和罗水在此相会
我对屈子的拜谒
需要一场与江水的亲近

需要从殿堂、牌匾、碑文、浮雕的宏大中
矮下身，松口气；
需要走下 119 级石级
把一首诗沉进江底，试一试水温
——全球都在变暖，它还是那么冷
需要从天问里低头
端详岸边的香草，怎样俯身美人。
需要和垂钓者们一起，用整整一天致敬
而绝不出声。更不想有一丝一毫的叹息
惊动那江中人

转角

本名王玉芳，20世纪70年代生于黑龙江。作品在《诗刊》《青年文学》《星星》《诗潮》等数十种刊物发表。作品多次被译介并入选多部年选本。获第8届中国散文诗天马奖等多种奖项。著有散文诗集《荆棘鸟》。现居绥棱。

静虚之水

转角

路过小七孔，倾泻而下的水流
现出哲人的样子——
是柏拉图、休谟、康德、尼采
还是弗洛伊德、罗素
是荣格、海德格尔，还是马斯洛
是胡须幻化成防御的可能性
理智替代思想的自由
还是你，是我，在完成一件觉醒者的
吟唱之事

臧海英

山东宁津人。出版诗集《战栗》《出城记》。曾获华文青年诗人奖(2015年)、《诗刊》年度“发现”新锐奖(2015年)、第3届刘伯温诗歌奖、第3届李杜诗歌奖新锐奖、第3届诗探索·发现奖、首届“山东文学奖”新人奖。参加诗刊社第32届“青春诗会”。诗集《出城记》入选“21世纪文学之星丛书”(2016年)。

在海边

臧海英

我往海水里滴蓝墨水
滴下去就没了
再滴，再没
……

如果你去海边
看到一个手拿滴管、蓝色的人
请把她领回来

她离开我已经很久了

白爱青

内蒙古作家协会会员，有作品发表于《星星》《草原》《诗歌风赏》《朔方》《诗林》《延河》《飞天》等书刊。出版有诗集《若轻的玄机》。

宝古图

白爱青

整个下午，我只在一粒沙里静坐
看透明的云聚拢又散开
从巴丹吉林到宝古图
是一粒沙遇上另一粒沙
是缄默者的声音
说出那些海子、鹿的飞奔

最洁净的尘埃
是晴空万里
是一粒沙拥抱另一粒沙时
温柔的深陷与挣脱

在宝古图，我只在一粒沙里静坐
阳光倾斜
开出一朵一朵黄金的花朵
该有一阵风打开这金子的腹腔
取出鸟鸣和经文
取出彼此想念

在宝古图，一粒沙喊出另一粒沙
疼痛的命运

吉尔

本名黄凤莲。从事医务工作，作品见于《诗刊》《星星》《诗选刊》《中国诗歌》等报刊，并收录于多种年度选本。参加诗刊社第30届“青春诗会”，出版诗集《世界知道我们》。系新疆作协会员，现居新疆阿克苏地区库车县。

楼 兰

吉尔

我不想说，湮没，和罗布淖尔
如同月球表面一样的荒凉
那无法转动的岁月的木轮
——楼兰，她是贵族的少女
她有着完美的死亡

她在劫难中
获得血、思想和一副美玉的脸孔

我们走近她
那些透明的沙子，废墟中
一个少女身体里巨大的棺材
她高深莫测的身世，和一枚睡醒的化石

楼兰，是有毒的少女
谁爱她，就爱她思想里的苦难
就爱她沉郁的死亡气息，爱她香料
包裹的高贵的骨架
——爱她残酷的，那些逃亡
一个姑娘和玫瑰的坟茔

羽微微

本名余春红，1977年生，广东省茂名人，现居梧州。曾获人民文学奖、《诗选刊》年度先锋诗人奖。2008年出版诗集《约等于蓝》，2016年出版诗集《深蓝》。

虫鸣岛[①]

羽微微

我喜欢这里。
我的心情如此愉快
以至于能很好地隐藏自己
当太阳降落
光线亦隐匿于湖水之中
夜安静下来
我听见召唤的声响——
虫鸣之声不绝
像是因为高兴又像是因为遗落在他乡
已久。但我如何能带你们走
我也是一个异乡的人
尚未明白此地山之远近
水之深浅。况且于天明前
我便要露出隐形之身——
我的行囊藏着两片树叶如翅膀
我身上藏着的翅膀
正在逐渐枯萎

注：①夜宿崇明岛，虫鸣之声不绝，故起名“虫鸣岛”。

灯灯

现居北京。作品发表于多种诗刊，入选多个选本。曾获《诗选刊》2006年度中国先锋诗歌奖、第4届叶红女性诗歌奖、第2届中国红高粱诗歌奖、第21届柔刚诗歌奖新人奖、第15届华文青年诗人奖。参加诗刊社第28届“青春诗会”。出版个人诗集《我说嗯》。

石　头

灯灯

石头不会说话，一说话
就领到崭新的命运：或滚落，或裂开
挖土机开到山前
采石场彻夜不眠
这一辈子，我和无数石头相遇
看见过它们的无言，以及无言的复制
这么多石头，那么多石头
分成很多块，一样奔波，一样无言
一样在无言中
寻求归宿
很难说，我是哪一块石头
这么多年，我在外省辗转
我看见最明亮的石头
是月亮
我看见月亮下面，山冈、河流、房舍
各在其位
各司其职
是的，是这样
就是你想的这样：
碑石寂静，而牛眼深情……

秋水

1977年生，祖籍江苏无锡。作品散见多种刊物及选本。参加诗刊社第31届“青春诗会”及鲁迅文学院第31届高研班。著有诗集《有时只是瞬间》。

泸沽湖·女神湾

秋水

所有澄明的事物，
都有混沌的开始。

微风卷起千堆雪，
阳光向湖面抛出银币，
滩底的鹅卵石发出幸福的和音。

弄丢童年的人群，
惊望着湖面摇晃的小船
——它们从毕加索的笔中逃离，
与天空和晚霞的倒影，
酝酿一则寓言的诞生。

语伞

诗人，美食专栏作家。本名巫春玉，生于四川，居上海。中国作家协会会员。出版散文诗集《假如庄子重返人间》《外滩手记》等。参加第11届全国散文诗笔会。曾获《诗潮》年度诗歌奖、《诗歌月刊》年度优秀散文诗奖、第5届中国散文诗天马奖、第7届中国散文诗大奖等奖项。

归隐楠溪

语伞

日影如花落，倒映草木间。

一条江幽深的眼眸，被茂林修竹遮住仍然从容。

木绣球在山中大胆绽放，比我想你时更美。油桐花正下一场五月雪，使我无意中模仿了一次大雪纷飞时雪人的思考。

悬崖重叠，通往山顶的石级精通音律。鸟雀与树梢比翼，我拾级而上，拾级而下，反反复复。步伐如翎羽，声声慢，走着，走着，藤萝蔓过小径，你就在了。

渔人在江上撒网，岩石擅长作画。山岭纵观水泽，我在画中，以深潭之心，仰望天空，不停地笑。空气一色，扎成一束，山水没有距离，你就在了。

楠溪流动的声音斜过午后的风，等明月把水下的石头照软。

人生来就会做梦，道路一弯曲，我们就归隐楠溪。山神揽小兽，河伯绕峰峦。云里也好，雾里也罢，九霄无边无际。

倘若远山告诉你我们隔得太远，你就把要说的话存于词语中泛舟而来。

李雪芬

生于20世纪70年代，湖南省诗歌学会会员，衡阳市作协会员。作品散见于《长三角文学》《诗选刊》《上海诗人》《前卫文学》《湖南诗人》《诗歌周刊》等刊物，有诗作入选《经典诗歌·当代方阵》《2017年湖南诗歌年选》。出版诗集《我一直在这里》。居湖南衡山。

露 珠

李雪芬

一朵云，怎样才能化作一滴雨
落进土地
一滴雨，怎样才能汇成一池塘水
浇灌稻田
而一滴露珠，又要怎样
才能在暮晚时分
站上一株水稻的叶尖？
众多的稻子肃立
在暮色里自带恩光
整个暑假，这样的场景
我只见过一次
晶莹剔透的露珠
缀在整整一丘稻子的顶端
像一个毫无心机的农民
面对干渴的季节
掏出他的所有

青蓝格格

内蒙古人。中国作家协会会员。全国公安诗歌诗词学会理事。作品散见《人民文学》《诗刊》《人民公安报》等报纸刊物及年度选本。曾参加诗刊社第27届“青春诗会”，曾就读鲁迅文学院作家班，曾参加《人民文学》第5届新浪潮诗会。著有诗集《如果是琥珀》《石头里的教堂》《预审笔记》等。

月亮湖

青蓝格格

它在我的眼睛里是移动的。
碧绿的水袖，
仿佛天空巨大的翅膀。
它是承载我飞翔的。
在众多野花和草木构成的阴影里，
它一定误以为
我也是花草的一部分。
事实上，我曾妄想过
做一次它的向导。
如果这样，我就能将它引入另一片天堂。
它将在万道光芒中闪亮。
它一定是最明亮的。
它不是月亮，
它是月亮的光芒在凡间降临。
栖息于它的身旁，
我注意到，一只
翩跹的蓝蝴蝶一直围绕着它。
这样的情景促使我再一次想为它安上一对翅膀。
我们将共同使用这对翅膀。
它飞起来的时候，我就是

它的月亮。
它落下来的时候，它就是
我的月亮。
它真的是我的月亮。
当我用幸福的目光俯视它幸福的目光时，
它送给我一片粼粼的波光。
呵，有一瞬，
我竟将这波光粼粼的一片，误认为是我的恋人送给我的
薄薄的，一片
红盖头。

南南千雪

本名毛小庆，生于20世纪70年代，陕西镇安人，现居西安。先后有诗歌、小说、散文等作品发表于《湖南文学》《诗刊》《延安文学》《延河》《芒种》《牡丹》《鹿鸣》《西北军事文学》《诗林》《诗潮》等报刊及网刊。有部分作品收录多种选本。

读山记

南南千雪

读山，我得把自己清空
清空到能在体内安放一块巨石
安放一块巨石身披的无数闪电
和站立在巨石之巅吞云饮雾的松柏

清空到能在体内安放百里蛮荒之地
安放蛮荒之地的怪兽
烛龙，白泽，毕方，青鸟，九尾狐，梼杌……
熟悉它们的习性
懂得它们的凶猛
尊它们为王者英雄

清空到能在体内安放一大片森林
一大片野花
和它的成千上万只蜜蜂巨大的轰鸣
并承受它们无数次刺入花蕊的痛

读山，我得把自己清空
清空到无
到无

清空到如空荡荡的天空
在漆黑的夜里如尖刀般深深地摁上
秦岭，秦岭，秦岭，秦岭，秦岭……
秦岭排着长长的队伍如繁星就要起航

微紫

中国作家协会会员，诗作散文发表于《诗刊》《星星诗刊》《诗选刊》《山东文学》等刊物，并收入《中国最佳诗歌》《中国年度诗歌》《中国诗歌精选》等年度选本，获中国首届网络文学大赛诗歌奖、第25届鲁藜诗歌奖、第5届徐志摩诗歌奖。出版诗集《与蜀葵交谈》。

在山野里

微紫

在山野里，我想着爱
想着静水，想着山草们茂密而多姿的植叶
眼前，这单纯、繁复的自然的呈现与安排
每一朵碎花与绒毛，每一片叶子，都是不可攫取的

夕照把山川铺展，打开
这片静美，这安静而不曾止息的生长，这片季候
被命名为十一月，江南
我只有静默，怀抱内心的爱，像抱着一场
隐秘的风暴，而我的身体
也像一个漩涡，迅疾消失

青小衣

生于20世纪70年代，中国作家协会会员，河北文学院签约作家，鲁院32高研班学员，教书，煮饭，写诗，做梦，作品见于《诗刊》《中国作家》《钟山》《作家》《飞天》《解放军文艺》《光明日报》《文艺报》等报刊，并收入多种年选本，被评为河北省第3届“十佳青年作家”。已出版诗集《像雪一样活着》《我用手指弹奏生活》。

夜过南湖

青小衣

月亮越来越小，掉进湖里
没有溅起一朵水花，就不见了

雾气升起来。这世上
有东西往下走，就有东西往上走

湖边的小房子，灯火温暖
仿佛不是人间。我不敢靠得太近

露水打湿了两双鞋
它们互相走路，走着走着就走失了

唐小米

现居河北唐山，出版诗集《距离》《白纸的光芒》等，曾获2011中国年度先锋诗歌奖等。

虎　山

唐小米

我们到达时
落日正从虎山的脊梁骨滑下来
太行山脉中最后这只虎
正在把暮年的光
一点一点吞进身体。
但金质的摩擦声从远到近
这镶着橘红色金边的响声
哗——哗哗
漫山遍野的紫荆和枣木们动起来
一直朝着天边跑。

日暮后的山峦并不是沉沉睡去
也没有蚂蚁搬动大片的
虚空。它们年轻冲动就像我
正迷失在巨大的声响里
真害怕一生都会被风吹着往前走
直到光线从草叶间
逐渐暗淡下去

注：虎山，风景区，地处太行山东麓，河北省保定市曲阳县境内。因其山顶一块被当地称为义虎的巨石而得名。

红土

写诗，摄影。有个人诗集《花冠》。

山野里的一年蓬

红土

如果一个人孤独了
他应该想一想这些花朵

如果一个人想哭了
他应该把这些花朵抱在怀里

如果一个人夜不能寐
他就要到山坡或荒野里去
即使风吹过来
也不能顺从地白成一片。把所有的大地
都想成是自己的

宗小白

本名凌芝，1977年生于江苏镇江，江苏省作协会员。诗作散见《诗刊》《星星》《诗潮》《诗歌月刊》《诗选刊》等。曾获2017华语网络诗歌大赛第一期比赛优胜奖、“挚爱：星火暖诗100首”首奖五星好诗奖、2015年度中国大别山十佳诗人、《诗人文摘》2016年度诗人、第5届（2016年）中国好诗榜上榜诗人、诗歌周刊2017年度诗人等。

在南山

宗小白

带上了常用的布包
一支笔和一本
石川啄木的诗集
这个只活到26岁的年轻人
好辩论，好反抗，敬重
犹拉山区的巴枯宁
而南山竹林禅寺，另一个
石塑的年轻人
在幽篁里独坐
那是喜读诗书，厌倦了
政治的昭明太子

连同已近不惑的我
秋风瑟瑟
肃杀一切年轻的生命

枫子

本名李小英，衡阳人。鲁迅文学院湖南诗歌班学员，毛泽东文学院12期学员。湖南省作协会员。湖南省诗歌学会会员。衡阳市迴雁诗社副社长。有作品发表在《湖南文学》《湖南诗人》《齐鲁文学》《前卫文学》等刊物。

人是一根会思考的芦苇

枫子

寄身木筏像芦苇一根在萧萧寒风轻扬
汨罗江芦苇高芦苇长借你的肩陪我去溯源
蓦然发现芦花白茫茫像雪
融化历史的痛苦和深藏的沧桑
千古绝唱“蒹葭苍苍，白露为霜”
是樵夫柴刀上悠然飘起的秋光
是姑娘眉间挥之不去的苍凉

小鸟在芦花丛呢喃
几声蝉鸣几声虫唱在阵阵清香中弥散
我将苇叶编成一只小舟放入江
看它安然自在随波逐流
好像看到帕斯卡尔亲口对我说
人只不过是一根芦苇

一根会思考的芦苇是你是我
是芦苇回首生命的轮回
今天谁将与屈原同愤跟太白同醉
与东坡同发少年狂
今天谁又在思考工作房子小车
我把身子俯向芦丛或许在这能找到答案

张巧慧

浙江慈溪人，20 世纪 70 年代末出生。参加诗刊社第 30 届“青春诗会”，获 2015 年度华文青年诗人奖，鲁迅文学院第 31 届中青年高级研讨班学员，作品发表于《人民文学》《诗刊》《作家》《十月》《星星》等几十种文学刊物及年选。多次参加文化部、中国作协、鲁迅文学院、诗刊社组织的文学活动。

三江源

张巧慧

甚至不需要阳光。乍晴还雨的日子
去寻访南阳溪的源头

水仙草、地龙、江南杞木
平凡的事物都发出自性的光芒
那茎未被触摸过的草叶
尚未沾染不洁之物

十三个草甸子，九个未醒
三个遗落在仙境
还有一个沉浸于自身的丰盈
湖中的野莼菜，应该有更好听的名字

安静的矮松林，
唯有风能让它们苏醒
唯有它们内心的想法，能让它们激动
令人尊敬的是，黄皮湿地的短叶松
不像书生，不像寒士，每一株都像树本身

晨光如此美好
我一定被深深爱着，却并不知情

白芳芳

居西安，诗歌作品见于国内多种诗歌选本和《陕西诗歌年选》《星星》《诗选刊》《延河》《安徽文学》等书刊，数次获奖。绘画作品国内有展。曾做过财务工作、报社记者、诗歌杂志编辑、作协副主席，现自由写诗画画，终南女诗人油画院组建成员。

盛夏山中某个下午，情绪很低落

白芳芳

蚊子迈着狮子般诡谲的步伐逡巡帐外
门口小桌上的书本、笔和镜子与我彼此厌弃
过往的路人清晰出现于梦中
挫败的往事尾随怀旧音乐前来

自由　将自由的我装入帐中　装入套中
丢失了一个世界
失去声音　失去家　失去爱
一遍一遍日复一日年复一年　听曲
曲高和寡
朋友在他的朋友处　知音有她的知音
曲也为我唱得很疲倦　音调渐失情感

舒牧音

原名郑海英，生于20世纪70年代，河南博爱人。作品发表于《山东文学》《诗歌月刊》《中国诗歌》《河南诗人》《北京文学》《诗歌风赏》《散文选刊》。获中国第2届网络文学大奖赛散文奖、首届《读者》（原创版）真情征文大赛二等奖。著有散文集、诗集、小说集。

空巢

舒牧音

在山里我没有听到鸟鸣
鸟儿和我一样选择，用空巢表述。

在这座大山里我居住八日
夜夜都有什么声音将我惊醒
无论如何分辨，都不是鸟鸣。
我知道鸟叫的时候
我会睡得很香，梦里飞过很多鸟儿
裹挟着雪光。但这座大山为什么没有鸟儿来歌唱
为什么秋天深了，王的花冠
不在发间。更多的城市来的鸟儿
还在飞入。

我通常站在鸟儿栖居的树下仰望
白云形成树冠一样美丽的形状
眼前的树木被我勾勒得既苍凉又美好
繁衍，枯死而后生。但这座大山为何没有鸟声
为何鸟儿沉默，眼里噙着薄暮和凉
远远飞离，就像从没有误入这枝淋满了风雨的爱巢
我长久地盯着树头空巢，我的身后灯火辉煌

武强华

1978 年生，甘肃张掖人。有作品发表于《人民文学》《诗刊》《星星》诗刊等刊物，并入选多种诗歌选本。参加诗刊社第 31 届“青春诗会”，鲁院第 31 届高研班学员。获 2014 青年作家年度表现奖、诗刊社 2014 年度“发现”新锐奖、《飞天》十年文学奖、2016 年度华文青年诗人奖、首届李杜诗歌奖新锐奖。出版诗集《北纬 38°》。

山海经

武强华

三月五日进山
风大，阳光明媚
累了，坐在向阳的山坳里读《山海经》

一批探险者进去了
我听见有人在谷底大声说：
瞧啊，山崖上的那个人

那声音
仿佛来自远古时代的一只海龟

白小云

生于苏州张家港，现居南京，在《诗刊》《星星》《诗歌月刊》《诗选刊》《中国诗歌》《草堂》《诗潮》《诗林》《钟山》《雨花》《上海文学》《青春》《芳草》《飞天》《延河》《安徽文学》《鸭绿江》《青海湖》等发表作品若干，出版短篇小说集《自私的猜测》。

群 山

白小云

必定会有一些远在天边，
一些近在眼前，
一些在距离中消失
它们原是一些朝向天空的耳朵
一些蓝色黄色红色们在安静中
度过一生的舌头
一些大地长歪的牙齿
没有对手的利爪
不会融化的冰川
靠变幻颜色来复制自己的孤独
远远近近的深渊与浅滩

上帝蹒跚学步时的创意
一个翻身压出了它们
他爱它们初入世界的慌张
以杂乱丛生面对完整的空白
凶猛的半张嘴无言以对更大的残缺
更多的意外
利齿撕不开天空对峙的锋芒……

爱它们天然的沧桑
年轻却只占领世界的一小半

桑子

中国作家协会会员，著有《栖真之地》《德克萨斯》等诗集和长篇小说十余部，获第2届李白诗歌奖提名奖（2017）、第12届滇池文学奖（2016）、《文学港》储吉旺年度文学奖·诗歌奖（2016），入选中国作协重点作品扶持项目、中国青年出版社中国好诗（第二季）等。曾参加诗刊社第29届“青春诗会”、第31届鲁迅文学院高研班。

傍晚的洱海

桑子

一头沉重的水牛消退了激情
凭着自我治愈的传统
朝着一个方向，到达过去
主要是将来

它并不能被大多数人表达出来
他们只看到了其中的宽阔之处
看到北极星、南十字星
湖太大了，要去湖对岸得花上一整天

苍山看上去像些小土丘
湖边有一些石头房子
后来这些房子开始长大
像人一样，像树一样
只要天晴，它们像孩子一样奔跑
但若下雨，它们像长条桌上随意放置的书
书中写着一些从不同的时间里
跌落下来的非凡事件

晚霞满天，主人正在回家的路上

日子像神庙的柱子
这里出生的人是幸福的
死去的人也是幸福的
看见了吗？它们在闪光
它们是什么并不重要

肖寒

曾用名千叶芦花。中国作家协会会员。曾在《人民文学》《诗刊》《作家》等刊物发表诗歌。参加《人民文学》第2届“新浪潮”诗会、诗刊社第32届“青春诗会”。出版诗集《且行》。现为《诗东北》编辑。

丛泉湖

肖寒

走了很多远处
才遇到近处。我们沿着一条崭新的小路
一直走。风在头顶，太阳稀薄的光线
忽明忽暗。湖水异常平静
人群略显孤独

雾气笼罩着湖面，无数花朵开在雾气之外
温润的空气中
它们开得热烈而浓艳
它们还要开很久，它们
还有很长的一段路要一起走

我蹲下来，靠近一朵
鼻尖贴近它，像辨认某一时刻的自己
悲伤与欢喜同时涌来

唐月

一个热爱诗歌的女人。诗作见《诗刊》《扬子江》《星星》《飞天》等刊及各网络平台，并入选《内蒙古七十年诗选》等各类选本。另有随笔若干。现居内蒙古包头。

梦临双合尔山

唐月

天外之鹰栖落的地方
一座山，拔地而起。
双合尔山——鹰的高度
鹰的高度——天的高度。

以登天之心，登临双合尔山。
每一步，都在远离尘嚣，逼近神话。
吻白每一朵乌云，抱头落下
滂沱泪雨……
随手点燃几盏星灯，漂白
群鸦拉黑的夜幕。
将半个月亮揽在怀里
让草木之身成为另半个月亮。

这一切尚需在梦中完成
因为在此之前，一座白塔已
从天而降，坐落于山顶。
有神在比天高的地方，统治了天。

许燕影

福建晋江人，现居海南海口。中国作家协会会员，海南省作家协会理事。已出版诗集《轻握的温柔》《我怎能说出我的热烈》、诗文集《燕影的天空》及随笔集《踏花拾锦年》。

穿越柴达木盆地

许燕影

风蚀的残丘蒙着灰褐的荒芜
箭一样笔直望不到头
山和远方远得仿佛静止
一条路让西域的怀想就此迷陷

戈壁、沙漠、干涸的河床
风沙、凸起的峰岩，还有红柳
芨芨草和傲然的骆驼刺
经过的荒芜有着苍凉的大美
秦时月啊，突然就有了出塞的悲壮

纳赤台、西大滩、五道梁
频频闪过的指向牌
我沉迷于它们好听的地名
可可西里、沱沱河，多么神奇
戈壁绿洲于此相倚，沙漠碧湖彼此共存

而越来越稀薄的空气
也无法阻止我抵临雪峰时的欢呼
如果没有这一日千里的穿越
何言一路向西的豪情
西域西域，我的抵达在路上

吴素贞

"80后"诗人，江西金溪人，中国作家协会会员。组诗散见《诗刊》《十月》《草堂》《汉诗》《扬子江》《星星》《中国诗歌》《山花》等书刊，作品多次入选各类年度诗歌选本。著有个人诗集《见蝴蝶》《未完的旅途》，英译本《吴素贞的诗》。

秋意莫干山

吴素贞

修竹壁立，据说其中的一把名剑
就藏在其中；枫叶如火
据说此刻的颜色，就是
淬火之前的精金英
我所见瀑布，它们倾泻入剑池
让我遇剑气。一个美好的故事
总有谜一样的结局，这样消失的时代
才能一次次被打成活结
就像鸟儿振翅
我听莫邪摇扇，干将铸剑的锤音
就像人群议论
我能穿越众词，吴王一声喝令
剑魂就困在一滴秋露里
像雾像雨……拾级而上
一切消失的人、事、时代
都以另一种方式显现
只是这莫干山太大了，以致
春秋的云遇见民国的重楼
依然互不相识；只是当我俯瞰
深壑的风突然刮起，数不清的瀑布飞流
此刻，剑气可以叫荡漾
重楼轻如一朵流云

李成恩

诗人、作家、纪录片导演。现居北京。著有诗集《汴河，汴河》《春风中有良知》《高楼镇》《池塘》《狐狸偷意象》《酥油灯》《护念》，随笔集《文明的孩子》《写作是我灵魂的照相馆》，以及《李成恩文集》等10部。

睡眠山水

李成恩

我的睡眠一半在水中一半掩埋于山谷
我不是神仙，我只是睡眠的孩子
穿着梦的衣裳，脸上挂满了好看的青苔
隔山的牛马知道我下山了
我脸上带着不知世事的笑
像害怕寒冷的动物
在霜降日，藏起蛇皮，耷拉下动人的眼睑
行走在月光下
一层一层地脱皮
蓝印花布蒙在脑袋上，我梦中喂养的青蛇迎着霜降日
抬起尖尖的面容
它闪光的脖颈缠住了山水
尾巴踩在我脚下，使劲挣扎
哦我惊醒后所见到的银色的霜
是否是来生托梦给我？
告诉我山水颠倒了
正在一点点脱下山的痴呆
与水的昏眩

布非步

籍贯河南南阳。诗人，媒体人，现居广州。

失　重

——寄梅园

布非步

暮云飞渡，鹦鹉洲上
愁苦的江水与雾霾扯平
一只归巢的鹈鹕弹了弹翅膀
仿佛它要平复下一刻心情
掌心轻悄的纹路隐藏于
悬空的起重机，后工业时代缺乏温情的动词
在心里筑起堰塞湖
取缔了我们之间日常的暗语
最后一个寒流还没有在午夜前降临
那些被你爱抚过的梅花一样的女人
一个个摁响甜蜜的开关
迫在眉睫是纯粹主义的态度
见梅如晤——或许仅仅是见字如晤
你怀中还有多少厚重的花事
给即将到来的春天与赏玩？
行走于五条花街上的婀娜身姿
暧昧不清的症状。暗香浮动留给情人坡
……若执意留在那一刻起
包括诗歌，连同卡桑德拉之梦一起封存

敬丹樱

生于1980年，居江油。作品散见于《人民文学》《诗刊》《星星》《诗潮》《诗林》《中国诗歌》《诗选刊》等刊。

云岩寺

敬丹樱

担心踩碎檀木和桂释放的香气
越是靠近
脚步放得越轻

比起香炉和蒲团
我更愿意让几枝懒梳妆的睡莲作陪
四方的天井里
一群想脱俗的俗人，饮毛峰，改歌词，谈诗论道
畅想与一座寺院可能续写的尘缘
钟声荡远

青苔望向天空
细雨携着落花，轻轻叩击飞瓦

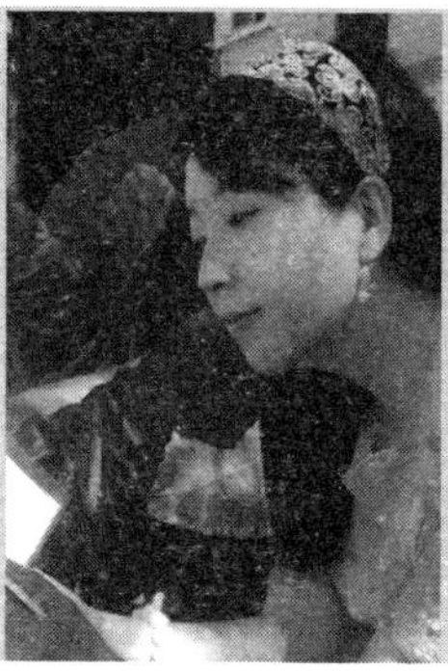

陆燕姜

笔名丫丫，“80后”，广东潮州人。中国作家协会会员，广东省作协理事，二级作家，广东诗歌委员会委员，广东文学院签约作家，参加诗刊社第34届“青春诗会”。出版个人诗集《变奏》《骨瓷的暗语》《静物在舞蹈》《空日历》《世间的一切完美如谜》。

乌镇月光曲

陆燕姜

月光正在滴水
滴滴答答的心事
落在文昌阁重檐翘脊的盖顶上

整个乌镇，合上了耳朵
仿佛什么都没听见
傍水的古屋，静悄悄

青石板路变得柔软
过往的欢乐和忧伤
在应家桥下缓行

月光打湿了窗台
打湿了江南人家情窦初开阿妹的心跳
打湿了古墙根下

两个
一边剪子石头布
一边打情骂俏的小蚂蚁

那萨

又名那萨·索样，藏族，青海玉树人。作品散见于《诗刊》《民族文学》《诗林》《诗江南》等刊物。作品入选《中国当代诗人代表作名录》，中国少数民族作家学会会员，青海省作家协会会员。获2015年度玉树民族文化保护文化新人奖，诗歌《故土》获贡嘎山文学2015年度优秀作品奖。

青海湖看日落

那萨

人群四散，活跃的激情与鲜活
圈进夜的房屋，狼毒花稀疏盛装，风向已定
披着夜幕的身影，向西而立

夜色渐浓，四处起伏生命的形态
蛙声、鸟叫、虫鸣，和心率里
摆手的浪花，仿佛是一种爱的契合
附有了神意

水珠落进手掌，孤单而咸涩
却不及无端流下的泪水，鱼虾在朝圣
湖边的人，盘腿静默
捻出未出征的爱神
和终要老去的人

一层赤红的晚霞
挂在天边
不近也不远

颜儿

真名杨燕。生于江西南昌，长居贵州。贵州省作协成员，贵州省散文协会会员，贵州省诗人协会会员。作品散见《中国诗人》《延河》《散文选刊》《散文诗》《散文百家》《星星·散文诗》《上海诗人》《贵州诗人》等。

我从山中来

颜儿

月光再次将我带走
去遥远山中，雨水铺开崭新的旅程
我只身去往十月的山中
茫茫落叶的路，沃野朔风
离别的酒，一饮就醉

江山如画，我只留在这里
做孤独的神仙
我若爱
尘世便是辽阔的剧场
熏风的霜痕，印在每一条山路上
我不敢回头
风追着我走

熊曼

“80后”诗人，湖北蕲春人，现居武汉。有诗歌见《诗刊》《人民文学》《长江文艺》《汉诗》《星星》《草堂》等。作品入选多种选本。参加诗刊社第34届“青春诗会”。出版有诗集《草色袭人》《少女和理发师》。

局部

熊曼

下午四点，去盘石桥村的途中
光被卡在云层中，只射下来一部分

光去了河边，河水金黄
光去了屋顶，红色的琉璃瓦格外艳丽
光落在行人和畜生的脸上，眼睛生动起来

光到不了的地方，是一大片稻田
和后面的山坡。虽然稻子已经结穗
但是鸟也不来光顾

一个从东边过来的人，在光中走了很久
经过这片山坡时，打了一个寒噤

巫小茶

“80后”诗人，福建莆田人，现居广州。作品涉及诗歌、散文、随笔、小说、评论等体裁。曾获“云里风”文学奖一等奖 、第一届张坚诗歌奖年度新锐奖、第二届滴撒诗歌奖、第一届淬剑诗歌奖。

大海的蓝奔流在我红色的血液里

巫小茶

大海用它千万种摄人心魄、不可言说的蓝
征服了我。那是昨天
历史倒空它自己

而我掏空记忆
就像一个人唯有通过死
才能让生命干干净净，以永在此刻的纯粹
重新来过

一个人出生，然后遗忘
任凭人们把时间锁在秒针、分针和时针里
以便在心上扎出成千上万的坑洞
塞满记忆、规则与谎言

历史被翻来覆去地做成面包馅
和上以幸福、成功为名的美味酱料
当我们以爱的名义生下孩子
就教他：忘了自己
学会用时间的针线，把自己缝制成一个
人见人爱的甜点

我就这样从死亡走向死亡
弄甜了自己，又等着腐坏
直到我看见在这一刻咸涩无情的大海
它如何在我体内奔流不息
以血。上刻已过，下刻未至
此刻便是我之将死的终结：
不是永在
只是存在

林珊

1982年生于江西赣州，中国作家协会会员。作品散见《人民文学》《诗刊》等刊物并入选各类诗歌选本。出版散文集《那年杏花微雨凉》。出版诗集《小悲欢》。曾参加第四届《人民文学》“新浪潮”诗会。获2016江西年度诗人奖、第二届“诗探索·中国新诗发现奖”等奖项。

在山顶

林珊

当我又一次攀上山顶——
那么多的草木，都拥有枯坐般的寂静
其实，我并不想成为一个孤独的人
可是这清凉的泉水多么好
这片刻的虚空多么好
仿佛鸟鸣从来不止是鸟鸣
仿佛寂静从来不止是寂静
“再没有什么，值得我们大张旗鼓去热爱……”
乌云压顶，我听到风吹草动的声音
我看到一枚松塔滚落在地上
——终获久违的自由

周簌

本名周娟娟，居江西赣州。有诗作散见《诗刊》《诗探索》《诗潮》《星星》《解放军文艺》《草堂》《扬子江》《中国诗歌》等，入选《中国诗歌精选》《中国年度诗歌》等选本。获第8届中国红高粱诗歌奖。

雪后访莲花山

周簌

耸入云天的莲花山
鬓发斑白，阳光怯怯地烘着他
很快就要从创世纪的梦境中醒来
大雪凝固的寒气自石峭
自压弯了树枝的冰之棱镜上
被一只巨大的白羽鸟衔在嘴里

莲花山还是那座莲花山
还是一个着僧袍的和尚
我登至半山，他没有念经打坐
也没有燃松烹茶。
他正要把半山腰的破庙背下山
拦腰折断的修竹
坠着厚厚的冰凌，挡在我们中间

覆雪的莲花山又一次陷入沉睡
他是忍受不住这寂寞了

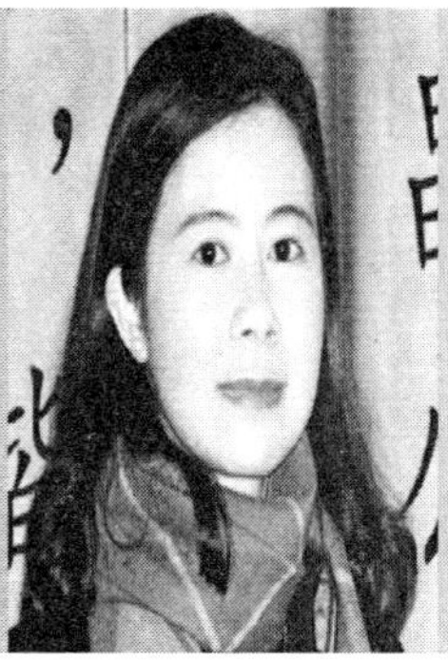

冯娜

1985 年出生于云南丽江，白族。毕业并任职于中山大学。中国作家协会会员，广东省文学院签约作家。著有《无数灯火选中的夜》《寻鹤》等诗文集多部。曾获华文青年诗人奖、美国 The Pushcart Prize 提名奖等奖项。参加诗刊社第 29 届“青春诗会”。首都师范大学第 12 届驻校诗人。

寻 鹤

冯娜

牛羊藏在草原的阴影中
巴音布鲁克　我遇见一个养鹤的人
他有长喙一般的脖颈
断翅一般的腔调
鹤群掏空落在水面的九个太阳
他让我觉得草原应该另有模样

黄昏轻易纵容了辽阔
我等待着鹤群从他的袍袖中飞起
我祈愿天空落下另一个我
她有狭窄的脸庞　瘦细的脚踝
与养鹤人相爱　厌弃　痴缠
四野茫茫　她有一百零八种躲藏的途径
养鹤人只需一种寻找的方法：
在巴音布鲁克
被他抚摸过的鹤　都必将在夜里归巢

刘厦

1985年出生。河北省作家协会会员，中国诗歌学会会员。作品在《诗刊》《星星》《诗探索》《诗选刊》《扬子江诗刊》《诗潮》《绿风》《诗歌月刊》《华语诗刊》《文艺报》《草原》《青春》《天津文学》《北京文学》《河北作家》等刊物发表。著有诗集《长草的时光》。

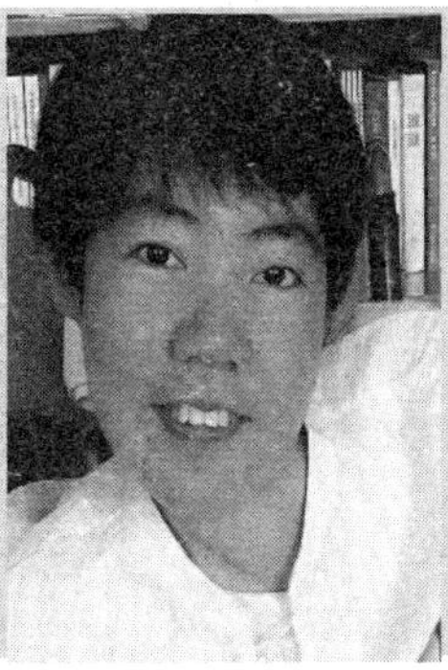

衡水湖

刘厦

世界再大人也只能活在局部
如果我可以选择
我愿意安家在你的岸边
守着最柔软最灵动的部分

垂钓，散步
如果身体饿了
就去岸边的小饭铺
吃一碗人间烟火

我多想住下来
看大片的荷花在风中摇曳
看那点水的蜻蜓在天边飞舞
看水草突然挡住了视线
看湖面突然开阔

没有谁能够侵犯你的美
我也只是一个过客

芥子豆

原名徐侠，河南杞县人，“80后”，形象设计师。15岁开始发表诗歌。

下　山

芥子豆

山那边，有山
有楠木
有鸟鸣
有一声不吭的石头

带一块楠木下山
取出琴声
翻过山，流水就来了
鸣鸟不停地叫

静夜就来了。
把一个人的碎片放进去
旋转的木纹，寂静
能让石头开花

夜晚，楠木一样寂静的光阴
长它的叶子
鸣鸟不停地叫，轻轻一跃
人形的树身折返山林。

黍不语

20世纪80年代生于湖北，2012年开始习诗。曾获第3届扬子江年度青年诗人奖、2017年长江丛刊文学奖诗歌奖、2017年诗同仁年度诗人奖等。参加《十月》杂志社第7届十月诗会。湖北省文学院第12届签约作家。

平行

黍不语

那片草地。那片远远的，一意孤行的，
悄无声息经过我车窗的
草地。
像滚烫世界的一个意外。
我的眼睛先亲近了她。
我的心，将我放进她的怀抱，轻轻摩挲。
那一刻野花
回到草地。我回到寂静。
但天地昭昭。
渴望与渴望，自由与自由，坦呈
与坦呈，
互不得见。
飞奔的车迅速带走我。
像突然梦醒。
一种平行的荒凉的温柔让我们
看清：
这世上有永远空寂的草地，
这人间有茫茫无用的深情。

杨碧薇

云南昭通人。诗人，作家，青年批评家。著有诗集《诗摇滚》《坐在对面的爱情》，散文集《华服》。

大罗山观云

杨碧薇

惊奇！多少年了，
我走出山，却又回到山，
并且爱上它。
找不到比它更延绵也更孤峭、更敞开也
更隐幽的顽主了。
只要地球还在，它的腹腔里就笼着
未知的火力。不要问我为什么，
对于山，以及永恒，
我从来无从证伪，更无法求真。

大罗山的云，我爱的也是它
亦真亦幻的品质。
站在山上看山下，被视线塑成模型的茶树、水石、禅院……
都被山岚泡过一遍，显得比本身宁静。
站在山上看山顶，够不到的大多数，
被云朵托举得更轻盈。
站在山上看山，遮蔽的、显露的，还有我自己，
总有一部分与云雾抱合在一起。
漫步大罗山中，
洁白的隐士令我若有所失，更心花灿烂。

该怎样感谢这份稀有的虚呢，
尘世太拥挤，
它只为狭窄的山径植下苔印。

庄凌

戏剧理论研究生，在《人民文学》《诗刊》等发表组诗。参加诗刊社第33届“青春诗会”。获2016《扬子江诗刊》年度青年诗人奖、第2届中国青年诗人奖、第5届“包商杯”全国高校征文大赛诗歌一等奖、首届华语青年作家提名奖等。出版诗集《本色》。

雨中大明湖

庄凌

雨中的大明湖静若处子
又像个有心事的人
250多年前，也是这样的雨天
微服私访的乾隆皇帝
邂逅了大明湖畔的夏雨荷
大明湖也生出期许

如今车马喧嚣高楼林立
我们却无法像湖水一样安静
我坐在船中不是重温凄美的爱情故事
我没有半壁江山也没有倾城美貌
我只是来看风景，也是别人眼中的风景
像一场温柔的细雨来到大明湖

袁嘉敏

“80后”，云南昆明人，云南省作协会员，诗歌于《诗刊》《星星》《诗潮》《解放军文艺》等刊发，获2017年边防文学诗歌年度奖，参加首届全国新青年诗会及云南青年诗人联展。

树 洞

袁嘉敏

说一个秘密
塞一颗石子
塞满后，用泥巴封死
树洞的口

整好十个
吃饱我的哑巴
借着风声
掩饰难忍的腹痛

在十个旁边
找到第十一个
月亮脱光的透彻
我把剩余的自己
给你，不曾经世的柳条
拨弄着湖水
一行一行的

缎轻轻

原名王风。生于皖南，现定居上海，上海作家协会会员。自童年开始文学创作，14 岁于《儿童文学》发表散文。诗歌作品发表于《诗刊》《十月》《扬子江诗刊》《草堂》《青春》《汉诗》《诗歌月刊》《诗选刊》等刊物。参加 2017 十月诗会、诗刊社第 34 届“青春诗会”。

寒山深处

缎轻轻

我们曾走进深山中的黄昏，枯枝在大雾里
横亘在你梦游般的脸前
这张脸，长着山的嘴唇和眉毛，在寒风中
微微颤动。你冷吗？
你站在石阶上，分不清这是梦境还是中年的真实
石级向下，是部队安扎的营子
石级往上，巨大的雷达正向昏暗的天空接收着
相爱之人，继而相恨的信号
山中秋色更加深远
灰色的雾扑在你身上不肯离去
这些年，没什么改变。圆睁着眼睛，呼吸：
这一片枯败的山景

今今

原名丁今。高校钢琴教师。河南作协会员，中国诗歌学会会员。作品散见于《诗刊》《星星》《汉诗》《读者》《延河》等刊物及多种选本。出版合集《十二女子诗坊》，个人诗集《琴弦》。

缓慢一种

今今

巨大的云团从山尖擦了过去
没有挪动一粒沙和一株草
天蓝得惊心动魄
草原上低头吃食的马群
神情安宁，似几团深棕色的云
风在寻觅所有能藏身之处
湖水，是不语的先知
能照出前世——
你曾在那儿生活的样子

在那里
时间被磨成极小的粉末
世界仿佛静止了。
直到鹰带来
又一道神谕

吴燕青

“80后”诗人,定居香港,中西医临床医学学士、中国语文戏剧教育硕士,作品散发于《大公报》《香港诗人》《城市文艺》《香港作家》《台港文学选刊》《中国散文诗人》《圆桌诗刊》《橄榄叶诗刊》等报刊。合著诗集《香港十诗侣》。

石头的记忆

吴燕青

只静坐海边的女子
与一块石头面对面
女人的风霜刻在石头上
石头的斑驳映在女子的眼眸中
轻吹着些微风
红叶子穿过秋冬
蔓藤伸出挽留的姿势
飞机无痕地划过天空
留几声轰隆
蝴蝶勇敢地飞过海面赴约
与一块石头面对面
听它笑着说刻在身上的火山爆发
雨水冲刷侵蚀的历史
海水的咸蒸发过度的盐分
提炼出温柔的鱼
反反复复活在途中的一朵玫瑰花
漂洋过海地成雨成雾
冬青树的果实跌落石头嘴唇
胭脂涂抹石块
打磨出过度蓝的底色

女子的五官在石块上生根发芽
石头在女子的心房
被都市的灯光
日渐模糊

吕达

1989年生于安徽太湖。作品散见于《诗刊》《扬子江》《诗歌月刊》《诗选刊》《中国诗歌》《草堂》《绿风》《黄河》《延河》等刊物。参加诗刊社第34届“青春诗会”。

大自然的美意

吕达

夏天有雨，冬天降雪的西宁
想起你就想起故乡
大地吐露的心事
我无法知晓
鼠尾草、牛至、迷迭香……
这世上还有许多花我没有认识
它们长得那么相似
却又彼此不同

那让土地怀孕吐出甜蜜浆果的
也生出山坡上吃草的羊群
黑牦牛、黑骏马、黑帐篷……

大自然的美意
就是让我和它们一起生长
然后获得一种善意的眼光

周园园

1989年出生，毕业于福建师范大学，文学硕士。有诗歌发表于《诗刊》《草堂》《星星》《芳草》《中国诗歌》《福建文学》等刊。现居天津。

印象畲山湖

周园园

睡去
在一个陌生的南方小镇
我又梦见小时候
光着脚丫，蹚过小溪
在岸边捉蝌蚪

我是怎么来到这里的
大巴车从福飞路开出来
一点一点远离城市
车窗的雨渍
沉默的露水和光芒

夜晚，我坐在湖边的台阶
仿佛与一个人开始相爱
悸动，绵软
当我抬头
所有星辰纷纷散落下来

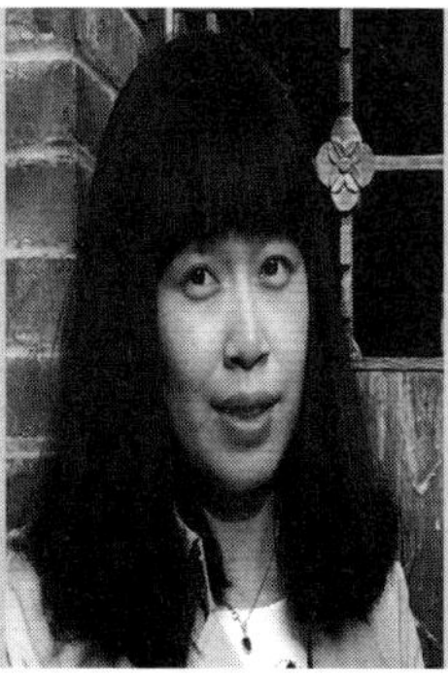

张琳

山西文学院签约作家，在《人民文学》《诗刊》《诗选刊》《星星》等发表诗歌作品若干，入选各种年度选本若干，获奖若干，出版诗集《纸蝴蝶》《人间这么美》。

一个人观壶口瀑布

张琳

用一生，只从黄河里取出两滴水
一滴，是汗水
一滴，是泪水

它们合起来就是一滴乳汁啊
养活了逝者
还要养活来者……一朵浪花
有没有名字，并不重要
叫它前浪，它会答应
叫它后浪，它还会答应。

沙滩上，一个人，抓起一把沙子
松开手，再抓起一把沙子
再松开手，远远看去
就像一只孤独无比的沙漏……

庞娟

笔名向晴，河南开封人，开封市作家协会会员，开封市诗歌学会副会长，诗歌散发于《诗歌风赏》《大观诗歌》《延安文学》等书刊。

月和山的禅意

庞娟

踩着深浅不一的时光御道
体内之光，架起通往山上寺院的月光梯
身前的声音和身后的声音，辉煌得矛盾

这是这山上最有光芒之地
如果月山寺没有月光，我就是月光
筋骨腐烂的躯体求一切空，求自然之音
如果月山寺没有山石，我就是山石

每一炷香火，反复濯洗月和山的骨头
竹子滴注清澈的云水禅意
似丰韵的粮草布施每滴寂静的我

转身，顺从自己内心的荒芜、贫穷
一步一步，失联欲望的真身
将体内的月和山还原为月和山

康雪

曾用笔名夕染。1990年生，湖南新化人。有作品发表于《人民文学》《诗刊》《十月》《扬子江诗刊》等，曾获2016年诗同仁年度诗人奖、2016湖南年度青年诗人奖。参加诗刊社第34届“青春诗会”，出版诗集《回到一朵苹果花上》。

旷　野

康雪

满是露水。像所有植物
刚从同一个
噩梦中哭醒。也许是相反的
想到生命中很多幸运，至少有一次
我是喜极而泣。
我如此依赖这片旷野
空无一人。
我只管低头走路，缓慢地走。
草叶和石子
让一双光着的脚板，感觉到安全
甚至被爱 ——这就够了。

周文婷

1990年生于北方，陕西省作家协会会员，中国化工作家协会会员，作品散见于《延河》《延安文学》《诗选刊》等报刊。鲁迅文学院陕西中青年作家高研班学员，参加第8次全国青年作家创作会议。现供职于延长石油。

幻山水

周文婷

我试着将想象
装进一幅地图，一幅中国地图
地图里有陕西、浙江和靖边、文成
将风和日丽邀至地图的整体与局部
眼睛所到之处，都
绿一遍，或再绿一遍

有歌，有酒，有诗
有无数只鸽子盘旋，飞翔
我的眼睛里荡漾着的波纹
击中你的掌心，便含羞低下头
仿佛我们正在幻想同样的山水

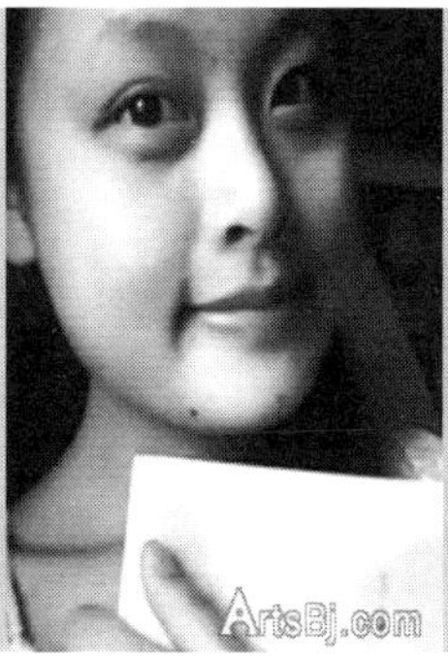

玉珍

中学开始创作，出版诗集《喧嚣与孤独》《数星星的人》。

夹石坳上

玉珍

我从高高的夹石坳下来
美丽的桑夏镇，长满金黄的油菜花
我的家园还是可爱的样子
物候与天空浸润在道德的宁静中
节气与播种有序地进行
人们全不顾世界的混乱与绝望
电视新闻的富贵也与他们无关
走在繁缕和婆婆盛开的小路上
母牛望着我
牵风筝的孩子望着我
三轮拖拉机蛮横地叫着从我身边驶过
小小野花的芬香
几乎是我的童年

李咏梅

1992年生于山西原平。在《星星》《扬子江》《飞天》《延河》《中国诗歌》《诗歌风赏》《北方作家》等发表诗歌作品近百首。在全国诗歌大赛中多次获奖。有作品入选《2016中国诗歌年选》《2017中国新诗排行榜》《青年诗歌年鉴（2016年卷）》等选本。

一只似曾相识的羊

李咏梅

五里之内，牧马正在草原上
练习御风的本领
十里之外，红脸蛋的牧羊姑娘
已经把十万只羊群都赶到了天上。
在赛里木湖草原，我混迹于众草之中
形同一棵正在游走的草木。
往前走十步，我的鞋子将路过一只绵羊
温润的嘴唇，以及从它齿尖溢出的
青草的余香。
往前走百步，我将路过另一只绵羊——
这一次，我停下来，把整个草原当成背景。
这一次，我和一只似曾相识的羊
在暮色的苍茫中相互打量，彼此不设防。

苏笑嫣

生于20世纪90年代。中国作家协会会员。作品曾在《人民文学》《诗刊》《青年文学》《民族文学》等报刊发表，入选多种年选及选本。出版有个人文集《蓝色的，是海》《果粒年华》、长篇小说《外省娃娃》《终与自己相遇》、长篇童话《紫贝天葵》、诗集《脊背上的花》。参加第8次全国青年作家创作会议。

血色山河

苏笑嫣

红河谷　碎石坡　远古的河流奔腾
涌入的　是历史的寰宇
而所有逝去　与此刻奇特相关
太多来临与太多离去　日日夜夜　颤动着时日

大陆愤怒的震颤　已酿成新鲜的血液
玫瑰色丘陵此起彼伏
熔岩堰塞　水流切割　雕塑带头锥形火山口
茂林如梭　养育东方阔迈的蒙古人部落

让哈拉哈河从胸口涌出　五谷丰盛
让玄武岩锻造坚实的肌肉　新娘黑而秀美
无限的死者供奉黑土地的繁殖
一代代父亲：群山的根基
一代代母亲：丰沛的河床

河中之石：一块磨光的原始苦难
首领到来　首领磨刀　首领坐在夕阳的孤独里
——所有的人类只有一个人
此刻　牧羊人的绝壁上　红日一葬千里

幽源

原名史源源，1992年3月生于河南，自幼喜爱文学，毕业之后，曾从事学堂教师工作，性静情逸，笃信佛教，后隐居终南修道，闲暇之余写诗。

笑

幽源

山峰挤作一团，躲在雾后笑
笑成静的空响，笑得发痒
笑得大地旋转，苍穹欲坠
笑得雨点子没着落
笑得绽出金花，像光
测量寒泉，计算温暖
笑得牵出藤蔓，像风
安排心弦的雁柱

笑得像针，攒入喧嚣的坟墓
掘起洁净的芽种，捧上云霄
不让泥土污了芯子
我掬着笑在手中，好似
千万条清溪从这里流出
流着流着，流出了泪

马文秀

回族，1993年生于青海省，现居北京。写诗歌、小说、艺术评论。青海省作家协会会员、鲁迅文学院第28期少数民族文学创作班学员，作品散见于《青年作家》《诗潮》《诗林》《诗江南》《绿风》《民族文学》《星星》《回族文学》《青海湖》《海燕》《创世纪》《休斯敦诗苑》等刊物，著有诗集《雪域回声》。

眸子中，映出了日月圣山

马文秀

青藏高原脚下，结了冰
雪线，分化了祁连山的绮丽
神圣屹立在草原与蓝天间
大地复苏，草原浮动着淡淡的雾气
瑞雪消融，云烟变幻
高原播撒的芬芳，点缀出了早春的明媚
千里之外，奔赴一场盛会，
牧羊姑娘卓玛，羞答答地赶着
成群的牛羊，归去。
油菜花漫过缓坡，扎西以大山的孩子为名
光腚，寻找了整个草原。
缘分，随着翱翔草原的鸿鹄而至
渗透发梢，悄悄移过了额头
梦醒处，呼唤彼此的名字醒来。
泛起微波的倒淌河，迤逦成一条银河
眸子中，映出了日月圣山。
喂饱了的马儿，铆足了劲儿
越过灵动的麻雀与饱满的谷子。

安羯娜

“90后”诗人。本名程维。河南大学艺术学院研究生在读，作品发表于《天津诗人》《诗歌风赏》《中国诗歌》《延河》等书刊。入选《经典短诗——当代方阵》《当代千人诗歌》《青年诗歌年鉴》《延伸，焦作现代诗歌大展》。荣获首届“意林杯·寻找张爱玲、三毛”文学大赛优秀奖。参加第六届中原诗会。

觉悟者

安羯娜

清晨，万物醒来
允许我迈进这扇虚掩的旧门
满目的落叶，掉落着寂静
需要全部轻下来
需要听鸟鸣，需要在驻云亭上停驻内心
需要在朗吟亭里吟诵雾气里的光亮
需要持小瀛湖里的一湾净水
照出自己的影子，做波光里的觉悟者
一边清扫尘埃，一边布施爱
有时，洗一颗素心，在泥土里长成菩提
在水里，成为鱼。

向茗

原名张婷婷，“90后”，江苏宿迁人，诗歌散见《诗歌月刊》《飞天》《诗江南》《星星》《中国诗歌》《作品》《四川文学》《青春》《诗歌风赏》等刊。入选《2016年中国诗歌精选》《2016年安徽文学诗歌年选》《2016年江苏诗歌年选》等选本，参加2015年第8届“星星诗歌”夏令营，2015年《中国诗歌》“新发现”夏令营。

礁 石

向茗

一切都来自一场惊心动魄的
潮汐，迭迭翻腾的雪浪
迎向我坚硬的肋骨
我挤在一滴水里和另一滴水
许多滴海水，隐秘在夹板上
一些泡沫包围我，用嗡嗡的低吟
等你靠近。外面的一切都是痛苦和艰辛
都是响螺和贝壳串成的束缚

不用大声疾呼和释放，一群振翅的海燕
洞悉我，洞悉日暮沉沉下
一块礁石的沉默。我留恋
汹涌而热烈的浪潮
喘息的喜悦身后，是干哑喉咙咳出的坚挺

让新的海浪覆盖我，及从缝隙里
吐出的悲愁。一切都是那么静谧
我窥伺沉睡的灵魂，一阵大风
掠过，你就迷失了自己
在这黑暗的浪潮里，你只是忧郁的驻客

黎婷

1994年生，华中师范大学文学院2016级现当代文学研究生。

瀑布

黎婷

那时候瀑布笔直压下来，犹如一支箭
于是，硕大的山石将浪花滴淌
照出光线的倒影又照出
石头青涩的模样
终于梳向四周，幽静的绿
我们突然为此驻足好久
不停地颤动，说不出一句话
当千百年后的昼夜问候千百年前的山和水
大地再次触及人生的稀薄
而贫乏随之溢出体内，敲打
前方漫长而弯曲的路。

颜彦

颜彦，生于1995年11月，湖北荆州人，诗作散见《人民文学》《中国诗歌》《草堂》《星星》等。

兄弟姊妹

颜彦

在拉萨市中心，每一个地方都可以望见布达拉宫
再远一些就不行了，除非我祈祷光线弯曲
除非神真能满足我的愿望
从灵芝、雅鲁藏布大峡谷、朗县至拉姆拉措
海拔成为致幻剂，男孩说他梦到蘑菇，而我遇见绵羊
两种场景都被我拒之体外
这不能算作衰老的标志。“我不会爱上一个被过滤的世界”
自羊卓雍措至纳木错，总有坚持不食鱼的司机
“水里的神灵，穿透污浊。”
我初次在固执前变得柔软
这两条姊妹一样的湖泊，诞育个性木讷的兄弟
像简易帐篷里藏族小女孩的清澈双眸
光线投入湖水时，我可以看见所有途经之地
坐在任何角落，重复翻开一本睡去又醒来的影子

注：拉姆拉措，一片在藏族传说中可以看到前世今生的湖泊

李成虹

“90后”，生于云南双柏，现就职于双柏县鄂嘉镇人民政府。作品见于《诗潮》《诗歌月刊》《滇池》《金沙江文艺》《哀牢山文艺》。

归隐

李成虹

垂在我腰间的云
忘记了飘浮的初衷
像一座虚脱的山

一朵兀自绽放的白云
下坠速度为零，海风吹过
带着腥味盘旋不落地
我触及的湿，带着咸味
以为会埋在青冢里的人
早已与我并肩
还有簌簌落下的雪
已完整地经历了三个季节

没有惊喜
我在山川中的每一次归隐
都带着受宠若惊

卓尔

毕业于中央戏剧学院戏文系，写诗、戏剧与影视。曾在《小说林》《青年文学》等刊发表小说，在《诗刊》《诗潮》《中国诗歌》等刊发表诗作。著有童话集《花开的声音》、儿童音乐剧《雪花魔瓶》、国乐剧《春江花月夜》、网剧《绝命卦师》（合作编剧），参演大型文献剧《有冇》。

高山天池

卓尔

天池原来都这么高，要走很远的路
爬很陡的坡，才能见到真容
当然，还需要合适的阳光
不浓不淡的云朵。我登山有点急
还没到半山腰，就微微喘息了

我经过了那么多的无名花草
我不认识它们，它们也不想认识我
相忘于江湖就是大自在
你们都要到了，而我还差那么一点点
因为我不想忘记一湖水在高山上

山有多高，水就有多高
而我有多低，心就有多低

余真

1998 年生于重庆江津。诗歌见于《诗刊》《诗歌月刊》《星星》《花城》《长江文艺》等。参加诗刊社第 34 届“青春诗会”。

山中记

余真

在山中，我在薄雾里沉沦，误把自己看成
一个诗人。日出耕作，照料山间野菜小笋
听凉风有信，看一个人眉黛如远山
的苍翠。我要给山上静坐的枯槐，找到
贴身佩戴的愁绪。夜雾缭绕，我已分不清
果实的耳垂。分不清枫叶红，在夜晚的价值
只有你心急如焚的眼神，可以点燃
小径的幽僻。每一日我戴月而归，看你
寐于床榻，眼上秋草盈珠，月光慈爱推窗而入
把手盖在你的额头。光影交错，你的脸如
桌上两块切而不分的鸭梨，靠墙面怯弱腐朽
看你身上安稳的疲倦，一把收拢的卷尺。看你这
白面书生！用久了真正的人间，嘴唇没有糖分

图书在版编目（C I P）数据

诗歌风赏：中国当代女诗人山水诗选 / 娜仁琪琪格
主编．-- 武汉：长江文艺出版社，2019.3
ISBN 978-7-5702-0897-5

Ⅰ．①诗… Ⅱ．①娜… Ⅲ．①诗集－中国—当代
Ⅳ．①I227

中国版本图书馆 CIP 数据核字（2019）第 033116 号

责任编辑：谈　骁　　　　责任校对：陈　琪
书籍装帧：苏笑嫣　　　　责任印制：邱　莉　王光兴

出版：长江出版传媒　长江文艺出版社

地址：武汉市雄楚大街 268 号　　邮编：430070
发行：长江文艺出版社
电话：027—87679360
http://www.cjlap.com
印刷：三河市宏顺兴印刷有限公司

开本：720 毫米 ×1020 毫米　1/16　印张：14
版次：2019 年 3 月第 1 版　　2019 年 3 月第 1 次印刷
行数：4032 行

定价：45.00 元